# 사령왕 카르나크 15

2024년 8월 16일 초판 1쇄 인쇄
2024년 8월 21일 초판 1쇄 발행

**지은이** 임경배
**발행인** 김관영

**기획** 박경무 강민구 임동관 조익현 최시준 신정윤
**책임편집** 백승미
**마케팅지원** 유형일 장민정

**발행처** (주)로크미디어
**출판등록** 2003년 3월 24일
**주소** 서울시 마포구 마포대로 45 일진빌딩 6층
Tel (02)3273-5135 Fax (02)3273-5134
**홈페이지** rokmedia.com **E-mail** rokmedia@empas.com

ⓒ 임경배, 2023

값 9,000원

ISBN 979-11-408-2318-5 (15권)
ISBN 979-11-408-1400-8 04810 (세트)

ROK
MEDIA
로크미디어

# 사령왕
# 카르마크

15

임경배 판타지 장편소설

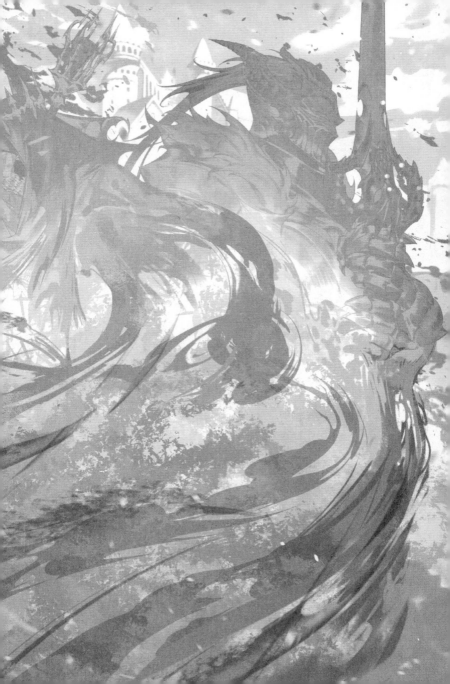

# CONTENTS

# 요정과 용 그리고 마물

대륙의 중앙을 차지한 라케아니아 제국은 동쪽으로는 요정족의 도시국가 체제인 베루스 연방, 드래곤 랜드와 국경을 마주하고 있다.

엄밀히 말하면 베루스 연방이 드래곤 랜드 여기저기에 흩어져 살아가는 형태이지만, 용족은 따로 국가를 내세우고 있지 않으니 일단은 저런 식으로 국경을 산정한다.

제국 동부를 남북으로 가르는 펠란티아 산맥과 남쪽으로 흐르는 두마강이 자연적인 경계를 나누어 동부 국경 역할을 하는 것이다.

멘트 시타델은 펠란티아 산맥과 두마강이 교차하는 전략적 요충지, 멘타드 협곡에 세워진 거대한 국경 요새였다.

제국 동부를 수호하는 막중한 임무에 걸맞게, 높고 두꺼운 성벽으로 둘러싸여 최고의 정예병들이 철통같이 지키는 곳이었다.

　요새가 건설된 이래 수백 년 동안 한 번도 무너지지 않은 난공불락의 요새이기도 했다.

　그럼에도 현 멘트 시타델의 성주, 콘녹스 경은 절망에 빠져 있었다.

　"맙소사, 여기서 전쟁을 벌이게 될 것이라곤 생각도 못 했는데……."

　드래곤 랜드에 서식하는 용족은 딱히 외부인에게 관심이 없다.

　자신의 영역에 들어오면 인류건 요정족이건 무조건 적대하고, 들어오지 않으면 둘 다 길가의 돌멩이와 다름없는 취급이다.

　그런 드래곤들이 일부러 자신의 영역을 떠나 제국을 공격한다는 것은 있을 수 없는 일인 것이다.

　혹여 쳐들어온다 해도 별문제가 되지 않았다. 기껏해야 한두 마리가 날아드는 것에 불과했으니까.

　물론 드래곤은 강력한 권능을 가진 생물체다. 하지만 인간도 결코 약하지 않다.

　아직 채 자라지 않은, 지성이 생기지 않은 아성체 드래곤 정도는 그리 두려운 상대가 아니다. 군대로 밀어붙이면 간단히 격퇴할 수 있다.

심지어 8서클 이상의 고위 마법사나 퍼플 나이트 이상이라면 단신으로도 퇴치가 가능하다.

지성이 생긴 어덜트 드래곤쯤 되면 분명 두려운 존재이지만, 그렇다 해도 단일 개체의 경우엔 제국군이 충분히 감당할 수 있다.

즉, 이 국경 요새가 상대할 적은 요정족 연합인 베루스 연방이라고 봐야 한다.

그런데 베루스 연방은 라케아니아 제국과 비교하면 처참할 정도로 그 세력이 약하다.

엘프나 드워프가 만만한 종족이란 소리는 아니다.

500년을 살아가는 엘프, 300년의 수명을 가진 드워프는 분명히 인류가 지니지 못한 여러 장점이 많은 종족들이다.

당장 경험치부터가 다르니까.

평균적인 전투력은 인류보다 월등히 높다.

하지만 그래 봐야 숫자 자체가 압도적으로 적다는 게 문제였다.

베루스 연방의 모든 요정족을 다 합쳐도 7왕국 연합의 절반이 채 안 된다. 라케아니아 제국과는 비교도 안 되는 수준이다.

그나마도 수많은 도시국가로 흩어져 협력이 잘되지도 않는다.

종족 평균 수준이 워낙 높으니 둘이 힘을 합친다면 제국으로서도 무시 못 할 세력이 되겠지만, 지금처럼 흩어진 채 느슨한 동맹 관계만을 유지할 뿐이라면 크게 두려운 적이 아니다.

　　오죽했으면 멘트 시타델의 주 임무는 요정족이 아니라 국경을 넘는 인간을 감시하는 것일 정도였다.

　　희귀종인 엘프와 드워프를 불법적으로 밀렵하기 위해 제국의 범죄자들이 베루스 연방으로 향하는 경우가 종종 있었으니까.

　　이렇듯 제국 동부 국경은 특성상 전쟁이 일어날 가능성이 거의 없었다.

　　그럼에도 멘트 시타델을 세운 이유는 첫째, 아무리 그래도 국경인데 버려 놓을 순 없어서이고 둘째, 먹을 것이 없어지는 겨울철에 마물들이 종종 쳐들어오긴 했기 때문이다.

　　그래 봐야 소규모라 어렵지 않게 막아 냈지만.

　　괜히 이 요새가 난공불락이라 불리는 게 아닌 것이다.

　　애초에 요새를 함락시킬 만한 적이 쳐들어올 일이 없으니 당연히 난공불락일 수밖에.

　　오죽하면 콘녹스 경이 이곳에 부임할 때 지인들이 좌천당한 것에 대한 위로까지 했을 정도인데…….

　　"내 평생 가장 거대한 적의 군세를 여기서 보게 될 줄이야."

콘녹스는 성벽 너머를 바라보며 허탈하게 웃었다.

마물들이 쳐들어오는 것?

흔한 일이다.

하지만 그 숫자가 수천에 달하는 경우는 난생처음 보았다.

게다가 그 수천의 마물들을 엘프 마법사와 드워프 전사가 지휘하고 있다니?

상식 파괴의 광경은 그걸로 끝이 아니었다.

저 검푸른 하늘, 스물에 가까운 드래곤들이 천천히 상공을 도는 것이 보인다.

대부분 아성체 드래곤이었지만 어덜트 드래곤도 사이에 끼어 있다.

확실하다. 드래곤은 크기를 보면 대략 나이를 가늠할 수 있으니까.

네 개체 정도는 틀림없이 성체 드래곤이었다.

콘녹스 경은 이 모든 사태를 일으킨 주범을 바라보았다.

너무 멀리 있어 제대로 식별이 되지 않지만 복장과 문장만으로도 정체를 알아보기는 어렵지 않았다.

요정족의 총수호자이자 대륙 3대 마법학파 중 하나인 황금가지회의 수장.

10서클의 추구자, 대마법사 기엔 렌이었다.

멘트 시타델을 포위한 수천의 마물들.

그 거대한 군세 사이로 한 사내가 모습을 드러낸다.

금빛의 로브를 걸치고 푸른 잎사귀가 달린 나무 지팡이를 쥔, 우아한 녹색 머리칼을 허리까지 드리워 얼핏 중성적으로 보이는 미남자였다.

원래 엘프는 남녀 막론하고 눈썹과 머리카락 외엔 전신에 털이 나지 않는다.

덕분에 엘프 남성들 대부분은 인간이 보기엔 중성적인 느낌이 들 수밖에 없다.

뾰족한 귀를 까닥이며 엘프 사내, 기엔 렌이 마법을 발했다.

증폭된 음성이 공간을 뛰어넘어 요새 상공에 울렸다.

ㅡ멘트 시타델의 인류에게 고한다. 위대한 죽음의 신 앞에 무릎 꿇고 복종하라. 이는 테스라낙의 말씀이시다.

사람들은 혼란에 빠졌다.

저 위대한 대마법사 기엔 렌이 사교도였다니?

하지만 동시에 모든 상황이 이해가 갔다.

수천의 마물을 다루며 엘프와 드워프, 드래곤 등 서로 어울릴 수 없는 존재들을 강제로 끌어냈다면 그만큼 순리를 거스르는 수법을 썼다는 의미가 아니겠는가?

부관이 벌벌 떨며 콘녹스 경에게 물었다.

"어, 어쩌지요, 대장님?"

콘녹스는 쉽게 대답하지 못했다.

제국의 군법은 엄중하다.

싸우지도 않고 항복하면 설령 당장은 목숨을 건질지 몰라도 이후에 죽느니만 못한 꼴이 될 것이다. 명예를 비롯해 모든 것을 잃게 된다.

하지만 아무리 후환이 무섭다 해도 눈앞에 닥친 죽음만은 못한 법.

현재 멘트 시타델의 병력은 500 남짓이었다. 급한 대로 성채 내 일반인들까지 긁어모아 무기를 쥐여 주긴 했지만 채 1천이 되질 않았다.

평시라면 적은 숫자라 볼 순 없었다.

국경을 감시하고 마물들의 준동을 막기엔 차고 넘친다.

혹여 그 이상의 사태가 터지더라도, 성채를 중심으로 농성하며 버틸 수 있다.

하지만 지금은?

눈앞에 보이는 마물들만 수천에 드래곤도 수십 마리, 전력 차이가 난다고 말하기도 무색할 정도의 격차다.

아무리 제국의 국법이 엄정하다 한들 이 정도면 항복하는 게 맞다.

'그런데 그럴 수가 없으니……'

상대가 그냥 기옌 렌이었다면 항복했을 것이다.

비록 이후에 군법에 따라 처벌을 받는다 해도 이 정도로 전력 차가 심하다면 어느 정도 정상참작을 받을 수 있다.

하지만 눈앞의 상대는 '검은 신의 사교도' 기옌 렌이었다.

항복하는 순간 자신도 사교도로 낙인찍히며 7여신교의 적이 된다.

죽어서도 영혼이 고통받게 될 것이다.

콘녹스는 결심을 굳혔다.

"항복은 없다!"

그리고 다른 이들에도 항전을 종용했다.

"애초에 항복한다고 저들이 우리를 살려 줄 것 같으냐? 죽음의 신을 섬기는 놈들인데!"

항복해 봐야 몽땅 죽여 언데드로 만든 다음 '테스라낙의 품속에서 영생을 얻었도다!' 따위 헛소리나 할 게 뻔하다.

"우리에겐 선택지가 없어! 무조건 싸울 뿐이다!"

"그, 그렇군요!"

병사들과, 징집된 성채 주민들도 정신이 번쩍 들었다.

실제로 저건 검은 신의 사교도들이 흔하게 저지르는 일이었다.

"싸우자!"

"일곱 여신께서 우리를 가호하신다!"

여기에 콘녹스는 사기를 올리기 위해 마지막 희망까지 불러일으켰다.

"많은 요구를 하지 않겠다."

창칼을 쥔 병사들 앞에서 일장 연설을 토한다.

"이미 제도로 연락이 갔다. 하루, 단 하루만 버티면 원군이 올 것이다!"

절망 속에서 실낱같은 희망이 생겼다.

모두가 떨리는 목소리로 애써 함성을 터트렸다.

"와아아아아아아!"

⁂

분위기를 살피던 기옌 렌이 혀를 찼다.

"역시 항복은 안 하나?"

그는 항복한 이들을 정말로 제압만 하고 살려 줄 생각이었다.

그래야 다음 전투에서 또 항복을 종용할 수 있으니까.

그런데 그간 검은 신의 교단이 벌여 놓은 일이 있다 보니 다들 믿질 않는다.

"엘레자르와 드렐타인도 좀 적당히 하지, 이래서야 아무도 항복 안 하겠는데."

별로 큰 문제는 아니다.

제국은 넓다. 앞으로도 함락해야 할 요새는 지천에 널려 있다.

개중엔 분명 항복하는 이들도 하나쯤은 나올 터, 그들이 무사한 모습을 보면 그때부턴 상황이 달라지겠지.

어쨌든 지금은 저들을 살려 둘 수 없다. 항복하지 않으면 죽음뿐이란 걸 확실히 보여 줘야 한다.

기엔 렌이 등 뒤로 손짓을 했다.

"저곳에서 산 자를 지워라."

창백한 푸른 피부의 드워프 전사가 정중히 고개를 숙였다.

"뜻대로 행하겠나이다, 파괴의 성인이시여."

⁂

제스트라드 저택의 영주 집무실.

카르나크는 심각한 표정을 지은 채 바로스와 함께 푸딩을 떠먹고 있었다.

"기엔 렌이 테스라낙의 이름을 내걸고 제국을 침공해 왔다라……."

이유는 고민할 필요도 없었다.

보나 마나 미래의 기엔 렌이 시공 회귀한 것이겠지. 하루 이틀 겪은 일도 아닌데 놀랄 이유가 있나?

이해가 가지 않는 부분은 다른 쪽이었다.

"대체 언제 기엔 렌을 바꿔치기한 거지?"

아크 리치들의 말에 따르면 미래의 영혼을 불러오기 위해선 세 가지 준비물이 필요하다.

역시공 초월체와 술법을 행할 사령술사, 그리고 당사자의 현세 육신.

여기서 제일 구하기 쉬운 게 사령술사다.

정해진 제단을 꾸리고 수준급의 사령술사가 술법을 펼친다면 강령술 자체는 어렵지 않다.

"역시공 초월체도 뭐, 저놈들이 어떻게 따로 만들 방법을 찾은 것 같고."

카르나크가 품에서 흑색 정육면체를 꺼내 들었다.

원래 지니고 있던 게 아닌, 엘레자르가 가지고 있던 역시공 초월체였다.

그녀가 가루가 되어 사라질 때 잔해 속에서 발견한 것이다.

아마도 디오그레스를 확보하면 그 자리에서 미래의 디오그레스를 불러올 심산이었던 듯했다. 덕분에 역시공 초월체는 하나 더 건졌다.

"그런데 기엔 렌을 누가 확보했다는 거야? 무려 대마법사인데."

바로스가 고개를 갸웃거렸다.

"엘레자르와 드렐타인이 합공한 거 아니에요?"

디오그레스의 사례도 있듯, 그 경우라면 아무리 기엔 렌이라도 당할 수밖에 없었을 것이다.

카르나크가 고개를 저었다.

"그렇다기엔 너무 조용했어."

제국의 무왕과 대마법사가 요정족의 대마법사와 대판 붙었는데 소문이 안 퍼질 수는 없다.

"뭐, 이건 기습적으로 함정에 빠뜨려서 해결했다 치자. 그래서 그 결과 기엔 렌의 영혼을 현세에 불렀다 치자고."

그래도 어색하긴 마찬가지다.

기엔 렌이 이미 현세에 와 있었다면, 엘레자르와 드렐타인이 굳이 디오그레스를 확보하기 위해 둘만 올 필요는 없었을 것이다.

기엔 렌까지 끼었다면 정말 카르나크 일행은 아무것도 못 하고 당했을 테니까.

"혹여 우리가 모르는 사정이 있어서 기엔 렌이 빠진 걸지도요?"

"바로스, 너도 싸워 봐서 알잖아? 둘 다 기엔 렌이 이미 시공 회귀했다는 사실은 모르는 눈치였어."

알고 있었다면 어떻게든 비슷한 뉘앙스를 풍겼을 터.

"그럼 저들이 죽고 나서 시공 회귀한 거라고요? 그것도 좀 이상하지 않습니까?"

검은 신의 교단이 지니고 있던 최강의 전력이 저 둘이었다.

그런데 저 두 사람이 카르나크에게 당한 뒤에 기옌 렌이 이 시대에 소환되었다?

"무왕도 대마법사도 아닌 제3자가 기옌 렌을 제압했다는 소리가 되는데요?"

도저히 믿을 수 없다는 듯 바로스가 혀를 찼다.

"그게 가능한 인간이 현 대륙에 존재하기나 합니까?"

～✳～

엘레자르가 죽었으니 현존하는 대마법사는 디오그레스 콜론과 기옌 렌, 둘뿐이다.

디오그레스가 검은 신의 교단에 의탁했을 리 없으니, 대마법사 중엔 기옌 렌을 제압할 이가 없다.

그렇다면 무왕은 어떨까?

델피아드의 갤러드와 크레타스의 드렐타인이 죽었으니(드렐타인의 경우엔 좀 애매하긴 하지만), 남은 무왕은 시프라스의 벨티아와 탈레도의 바탈록.

이 중 확실하게 사교도인 건 벨티아뿐이다.

바로스가 고개를 저었다.

"벨티아가 강하긴 하지만 기옌 렌을 제압할 정도는 아니죠."

기엔 렌을 죽인다는 조건이라면 어떻게든 가능할지도 모른다.

하지만 '몸 성히' 제압한다는 건 전혀 다른 이야기다.

"설마 바탈록마저 검은 신의 교단에?"

"제국 쪽 이야기를 들어 보면 그건 아닌 것 같아."

바탈록의 행보를 보면 검은 신의 교단과는 연관점이 거의 없었다.

"물론 정체를 숨기고 있을 가능성도 배제할 수야 없겠다만, 그렇다기엔 시기와 장소가 맞질 않고."

떠돌아다니는 벨티아와 달리 바탈록은 내내 자신의 영지를 떠나지 않았다.

모습도 자주 드러내곤 했다.

"가짜를 만들어 내세운 뒤 몰래 움직였다면요?"

"그럴 필요가 있냐? 그냥 잠깐 수행 좀 하고 오겠다고 하고 자리 비우면 되는데."

"그건 그렇네요. 아, 그러면 혹시 죽었던 미래 레번이나 드렐타인, 엘레자르가 다시 돌아온 걸지도?"

"다 가능성은 있지만 결국은 근본적인 의문을 설명하지 못해."

상대가 누구건 간에 대마법사 기엔 렌이 제압당할 정도면 경천동지할 전투가 벌어졌어야 정상이다.

정말 그런 일이 터졌다면 이렇게까지 조용할 순 없는 것이다.

카르나크가 인상을 썼다.

"뭔가가 있어, 내가 모르는 뭔가가."

＊

무너져 내린 거리와 잔해로 뒤덮인 광장을 거닐며 기엔 렌은 쓴웃음을 지었다.

"하루씩이나 버틸 수 있을 리가 없지."

굳건하던 국경 요새, 멘트 시타델이 잿더미로 바뀌는 데는 채 한 시간도 걸리지 않았다.

20대 중반의 사내가 기엔 렌에게 다가오며 주위를 두리번거렸다. 초록빛 눈동자에 진한 갈색 머리칼을 지닌 청년이었다.

"훌륭하게 처리했군요, 아직 그 몸이 어색할 텐데."

다른 이들이 보았다면 의아해했을 것이다.

고작 20대의 나이인 주제에 수백 살을 살아온 엘프, 심지어 대마법사이기까지 한 기엔 렌에게 윗사람처럼 굴다니?

하지만 기엔 렌은 어색해하지 않았다.

오히려 정중히 고개를 숙이며 대꾸한다.

"아직 잔당이 남아 있을지도 모릅니다. 직접 행차하실 필요까진…….”

“말을 편하게 하세요.”

청년이 손사래를 쳤다.

“전 어디까지나 화신일 뿐이니까요.”

“그건 알고 있습니다만……”

허리를 펴며 기엔 렌이 고개를 저었다. 그리고 말투를 바꿨다.

“역시 익숙해지기 어렵구려, 테스라낙의 화신이여.”

청년이 눈을 흘겼다.

“그 이름도 되도록 입에 담지 마시고요. 불필요하게 사람들의 시선을 끌고 싶지 않습니다.”

옳은 말이었다.

“그럼 어찌 칭해야 하겠소?”

“그냥 이 육체의 원래 이름을 부르시면 됩니다.”

고개를 끄덕이며 기엔 렌이 호칭을 바꿨다.

“알겠소, 에밀 스트라우스 경.”

　　　　　　　　　※

멘트 시타델의 함락 소식은 제국 황제 고드프리드 2세를 어이없게 하기에 충분했다.

“기엔 렌이 군대를 일으켜 제국을 침공했다고?”

차라리 기엔 렌이 은밀하게 소수 정예로 제도를 급습해 황제를 노린다거나 했다면 경각심을 느꼈을 것이다.

대마법사는 분명히 위협적인 존재이고 10서클의 마법에는 그 정도의 힘이 있으니까.

그런데 군대를 일으켜서 전쟁을 걸어왔다.

전쟁을 벌이면 무조건 제국의 승리다. 그만큼 제국과 베루스 연방의 국력 차이는 심각하게 크다.

왜 군이 불리한 상황을 자초한 걸까?

신하 중 한 명이 의견을 냈다.

"기엔 렌은 지금 용족을 수하처럼 다루고 있습니다. 드래곤의 힘을 믿고 있는 것이 아닐까요?"

"드래곤의 군세가 제국을 상대할 정도로 강하다는 것인가?"

황제의 질문에 신하가 말미를 흐렸다.

"그, 그것은 저희도 아직 확실히 알 수 없습니다⋯⋯."

드래곤이 무리를 이루어 쳐들어온다?

이게 사실이라면 제국 입장에서도 만만치 않은 상황임에는 틀림없었다.

그런데, 대체 얼마나 만만찮은 것인지를 모르겠다.

"여태 이런 경우가 한 번도 없었으니 전력을 파악하기도 힘들다고 합니다."

그렇다 해도 제국이 두려워할 정도는 아니다.

그만큼 라케아니아의 국력은 막강하다.

"감히 제국의 힘을 우습게 봐도 유분수지."

분노한 고드프리드 2세의 명에 따라 기옌 렌을 상대할 군대가 제도로 모였다. 또한 황제는 베루스 연방에 연락을 취해 사정을 파악하게 했다.

"요정족에게 이 사태에 대해 어찌 책임을 질지 묻도록 하라."

바로 연락이 되진 않았다.

제국이 타국과 연락할 때는 보통 마법의 힘을 빌리는데, 베루스 연방에서 그 역할을 담당하던 이들이 대륙 3대 마법 학파 중 하나인 황금가지회였다.

지금 기옌 렌을 따라 제국을 침공하고 있는 바로 그 황금가지회 말이다.

그래서 디오그레스 콜론이 여명탑의 마법사를 동원해 간신히 제3의 연락망을 만들었다.

엘레자르가 없는 지금, 그가 제국 황실 마법사의 역할을 겸하고 있었다.

그렇게 간신히 베루스 연방에 마법의 전언을 보냈다.

―감히 제국에 칼을 들이댄 저의에 대해 변명할 말이 있는가?

이에 대한 베루스 연방 의회의 답변은 이것이었다.

−총수호자가 제국을 공격했단 말입니까? 대체 언제?

아예 이런 일이 벌어진 줄도 모르고 있었던 것이다.

드래곤 랜드 곳곳에 따로 흩어져 살다가 1년에 한두 번 있는 정기 집회 시에만 만나는 이들이다. 서로 소통 자체가 워낙 안 된다.

더구나 현 요정족의 공동 대표는 엘프의 엔 히바와 드워프의 오고무, 베루스 연방에서 가장 큰 세력을 지닌 타플 시티와 스울 마운틴의 주인이었다.

애초에 타플 시티와 스울 마운틴이 가장 세력이 큰 이유가 제국에서 가장 멀리 떨어져 있어 가장 살 만한 곳이기 때문이다.

더더욱 정보 전달이 느릴 수밖에 없는 것이다.

굳이 속일 이유가 없기에, 제국 외교관의 태도도 한풀 누그러졌다.

−즉, 베루스 연방은 여전히 제국을 적대하지 않는다는 의미인가?

−물론이오!

−그렇다면 저 발칙한 기엔 렌의 무도함에 대해 책임을 지

도록 하라.

그러자 요정족 의회가 약한 모습을 보였다.

－물론 도의적으로 져야 하지만……
－우리도 그렇게 하고는 싶은데……
－제국도 알다시피, 우리와 그대들 사이에는 드래곤 랜드
가 있지 않소?

애초에 라케아니아 제국이 요정족을 공격하지 못한 이유
가, 중간에 드래곤 랜드가 떡 버티고 있어 함부로 군대를 동
원하지 못했기 때문이다.
드래곤은 자신의 영역에 다수의 인간들이 접근하면 미쳐
날뛰곤 하니까.
그리고 드래곤은 자신의 영역에 다수의 엘프나 드워프가
접근해도 똑같이 미쳐 날뛴다.
저 드래곤 랜드는 베루스 연방을 제국의 핍박으로부터 막
아 주는 방어벽이면서, 동시에 베루스 연방이 서쪽으로 나아
가지 못하게 만드는 장벽이기도 하다.

－제국의 요구에 따르려면 드래곤 랜드를 지나가야 하는
데, 우리의 군대에는 그럴 능력이 없소.

요정 의회의 답변에 대한 제국의 답변은 실로 차가웠다.

−그렇다면 기엔 렌 다음엔 그대들의 차례가 될 것이다.

−설마 드래곤 랜드를 넘어오겠다는 것이오? 희생이 너무 클 터인데?

−희생이랄 것도 없다. 이미 그 드래곤 랜드의 용족들이 제국을 공격하고 있음이니.

살벌한 내용을 마지막으로, 제국의 마법 전언은 끝났다.

−베루스 연방은 제국의 분노를 맛보게 되리라.

⟫⟪

제국의 전언이 끝나자 요정 의회는 극심한 혼란에 빠졌다.

"어, 어쩌지요?"

"이게 대체 무슨 일인지 모르겠군."

"그보다 대마법사께서 사교도란 게 무슨 소리인 건지……."

베루스 연방 역시 검은 신의 교단 때문에 분위기가 흉흉해진 지 오래였다.

종말의 어둠은 국가를 가리지 않고 내린다.

당연히 엘프와 드워프 들 중에서도 타락한 자들의 숫자가 상당했다. 사교도의 수 역시 날로 늘고 있었다.

인간들에겐 요정족이 장생하는 신비한 종족인 듯 여겨지지만, 실은 오래 산다고 죽음을 두려워하지 않을 이유는 없다.

인간은 개나 고양이보다 몇 배나 오래 살지만 그래서 어디 죽음을 두려워하지 않던가? 오히려 더더욱 두려워하면 했지.

장생이니 뭐니 해 봐야 어디까지나 인간 기준일 뿐, 사람 사는 것은 어차피 거기서 거기다.

죽음을 두려워한 많은 엘프와 드워프 들이 사교단에 현혹되었다.

덕분에 기엔 렌과 황금가지회의 마법사들은 내내 연방의 내부 사정을 다스리느라 정신이 없었다.

그랬던 그가 갑자기 사교도가 되었다니?

"어쩌면 좋단 말이오?"

"제국의 요구를 무시할 순 없지 않습니까?"

"하지만 현실적으로 우리가 뭘 할 수도 없지 않소?"

"설마 드래곤 랜드를 군대로 지나가겠다는 소리는 아니겠지?"

"그래도 뭔가 성의는 보여야 하지 않겠소?"

수십 명의 엘프와 드워프 들이 한마디씩 하니 회의장 전체가 시장처럼 어수선해졌다.

분위기를 환기시킨 것은 요정족의 공동 대표 중 한 명, 엔히바였다.

"각 도시에서 정예를 뽑아 소규모로 드래곤 랜드를 건너게 합시다."

그냥 무시한 채 아무 행동도 취하지 않을 순 없다.

분노한 제국이 희생을 각오하고 밀고 들어오면 그 피해는 상상을 초월할 터.

그게 아니더라도 이는 분명 요정족의 책임이다. 손을 쓰긴 써야 한다.

"그렇군."

"그 정도라면 용들을 흥분시키지 않고 드래곤 랜드를 건널 수 있겠어."

다른 의원들도 찬성표를 던졌다.

그렇게 요정족의 정예들만 모아 특수 부대를 창설해 기엔 렌을 막자는 방향으로 의견이 굳혀 갈 때였다.

"결국 그렇게 결론을 내리셨습니까?"

한 엘프 의원이 안타깝다는 듯 묘한 말을 했다.

"아쉽군요, 조금은 더 숨어 있고 싶었는데."

근처의 다른 엘프와 드워프 들이 의아해하며 그를 바라보았다.

"렐타나?"

"자네 지금 무슨 소릴 하고 있는 건가?"

의문은 이내 풀렸다.

그 엘프의 전신으로 시꺼먼 어둠이 뿜어져 나오기 시작한 것이다.

"허, 허억?"

"사교도!?"

그뿐만이 아니다. 의회 곳곳에서 지독한 사령력이 간헐천처럼 분출한다.

"맙소사! 사교도들이 의회에까지 잠입해 있었던 건가?"

다들 기겁해 무기를 꺼냈다. 하지만 사교도들의 움직임이 더 빨랐다.

"모두 죽여라."

아름다운 요정족의 회의장이 살육의 현장이 되었다.

진한 피가 회의장 바닥을 적시고 죽음의 그림자가 짙어진다.

처절한 비명이 허공에 울려 퍼졌다.

"으아아악!"

"아아아악!"

<br>

기옌 렌의 소식을 종합한 뒤 카르나크는 다음 행보를 결정

했다.

"일단 제국으로 간다."

다만 라케아니아 제국군과 합류할 생각은 없었다.

"제국군이 우릴 받아 줄 리도 없고, 혹여 받아 준다 해도 딱히 우리에게 득 될 것도 없고."

남들에게 못 보여 주는 짓을 많이 하는 그가 제국군 한복판에서 제대로 힘을 발휘할 수 있을 리 없다.

그리고 어차피 카르나크의 목적은 제국의 승리라거나 검은 신의 교단을 물리치는 것이 아니다.

"기엔 렌만 빼돌리면 그만이거든."

검은 신의 교단은 반드시 기엔 렌을 '몸 성히' 확보할 필요가 있었다.

하지만 카르나크는 굳이 그렇게까지 할 필요가 없다.

죽인 다음 확인해도 되니까.

드렐타인의 영혼이 생각했던 대로가 아닌 탓에 사교단 관련 정보는 딱히 얻은 것이 없었다.

하지만 테스라낙이 영혼을 거두는 수법에 대한 정보는 건진 것이다.

드렐타인의 영혼을 빼돌리는 과정에서 원하던 술식 자료를 입수할 수 있었으니, 이번에 기엔 렌을 해치우게 된다면 그땐 영혼을 빼앗기지 않을 수 있을 터였다.

물론 이것까지 감안해서 테스라낙이 새로운 술법을 만들

었을 가능성도 있기는 하겠지만…….

"이런 것까지 전부 따지면 세상에 할 수 있는 일이 없을 걸."

일단 가능할 것이라 믿고 진행해야 일이 풀리는 법이다.

그래서 현재 카르나크가 세운 작전은 이것이었다.

"양쪽 군대의 상황을 계속 살피다가, 전황에 따라 중간에 끼어들어서 기옌 렌의 뒤통수를 맛깔나게 후려치는 거지."

<hr />

작전이 세워졌으니 카르나크 일행은 곧바로 제국으로 향할 준비를 했다.

그중엔 아직 제대로 힘을 회복하지 못한 드렐도 있었다.

"영지에서 마저 몸 만드는 게 낫지 않을까? 아직 힘을 완전히 되찾지 못했잖아?"

카르나크의 만류에도 드렐은 요지부동이었다.

"여행하면서 마저 만들면 됩니다! 어차피 하루아침에 도착하는 것도 아니잖습니까!"

거의 10년을 지옥과도 같은 무의식 너머에 갇혀 있던 그였다.

미래의 드렐타인에게 복수할 기회를 결코 놓치고 싶지 않은 것이다.

"어차피 그자는 다시 돌아올 것 아닙니까? 카르나크 님 말씀대로라면 말이죠."

"뭐, 그렇기는 한데……."

테스라낙의 부하들은 이겨도 이긴 게 아니다.

분명히 데스 나이트나 다른 언데드를 이용해 돌아올 테니까.

"……라곤 했는데, 어째 아직 아무도 안 돌아왔단 말이지?"

그간 카르나크가 놓친 영혼은 제법 많다.

자질구레한 졸병들은 차치하고 굵직한 거물들만 뽑아도, 미래 레번에 갤러드에 엘레자르과 드렐타인도 있다.

"제덱스의 경우엔 이게 그냥 영혼이 흩어진 건지, 아니면 테스라낙으로 돌아간 것인지 좀 애매하지만 말이지."

그리고 한 번 시공회귀한 영혼들은 죽은 후에도 여전히 이 시대에 속해 있다.

이는 현세 레번의 육체에서 쫓겨난 미래 레번이 에밀 스트라우스의 육체를 이용한 점에서 이미 증명되었다.

그런데 이상할 정도로 아직까지 돌아온 이가 없는 것이다.

"뭔가 따로 조건이 필요한 게 아닐까? 그 조건을 맞추기 위해 기엔 렌이 저렇게 무모하게 나선 것이고."

멘트 시타델을 함락시킨 기엔 렌은 그 후로도 진군을 계속했다.

그 기세는 실로 파죽지세, 강력한 기엔 렌의 군세 앞에 제도로 향하는 동부 성채 3개가 더 함락되었다.

물론 제국도 가만히 당하고 있지만은 않았다.

제국의 최정예를 모아 정벌군을 꾸렸고, 시간을 벌기 위해 기엔 렌의 진군로 앞에 있는 작숨 시티에도 병력을 모았다.

파사의 여단 동부 주둔군이었다.

원래부터 검은 신의 사교도들을 상대하고 있던 이들이라 움직임도 빨랐다. 무려 5,000에 달하는 병력이 작숨 시티에 투입되었다.

하나같이 사령술에 익숙한 정예들이며, 굳건한 성벽을 바탕으로 농성까지 할 수 있다. 이 정도 전력이면 어지간한 공세에도 흔들리지 않을 터다.

공세가 어지간하지 않았다는 게 문제였지만.

지평선 너머로 대량의 먼지가 솟아오른다. 이내 땅이 흔들리며 수천의 마물들이 광포한 포효와 함께 달려온다.

"크카카카카!"

"카오오오!"

오크와 트롤, 고블린과 코볼트 등 온갖 몬스터들이 광기에 물든 눈으로 성벽을 타고 오르기 시작했다. 그리고 이내 화살과 돌덩이, 그리고 마법에 의해 나가떨어졌다.

"이 더러운 마물 놈들이!"

"어딜 감히 기어 올라오느냐!"

파사의 여단 동부 주둔군은 평소에도 사교도를 상대하느라 실전으로 잔뼈가 굵은 이들이었다. 이들이 지휘하는 제국군 역시 훈련 수준이 높았다.

몰려오는 마물들을 상대로도 결코 물러나지 않고 용맹하게 맞서 싸운다.

문제는 반대쪽에서 몰려오는 또 다른 군세였다.

"우어어어⋯⋯."

"으어어어⋯⋯."

수천에 달하는 시체들이 섬뜩한 신음을 흘리며 창칼을 들고 성벽으로 다가온다. 개중에는 익숙한 복장을 한 이들도 있다. 바로 그간 함락되어 죽어 간 제국군과 시민 들의 시체들이다.

"저 저주받을 놈들!"

"죽은 자의 안식마저 더럽히다니!"

언데드에 익숙한 파사의 여단 오러 유저들이 앞장서 저들을 상대하려 했다. 하지만 이내 가로막혔다.

언데드 군세를 지휘하는, 회색빛 피부를 지닌 엘프와 드워 프 들에 의해서.

요정족 전사들이 데스나이트가 되어 검은 투기검을 휘두 르며 덤벼들고 있는 것이다.

"테스라낙 님의 이름으로!"

"이교도들에게 죽음의 축복을 내리리라!"

자그마치 서른에 가까운 요정족 데스 나이트들이 몰려온 다. 파사의 여단에 속한 오러 유저와 비교해도 뒤떨어지지 않는 숫자다.

"어떻게 오러 유저에 필적하는 괴물들이 저렇게 많은 거 지?"

그래도 어떻게든 버텨 냈다.

원래 드워프 전사들은 괴력을 지닌 대신 지구력이 약하다. 키가 작아 사정거리도 짧다.

엘프 전사들은 빠르고 정교하게 움직일 수 있지만 체중이 낮아 위력적인 공격을 하기가 힘들다.

타고난 종족적 약점은 데스나이트가 된다고 바뀌는 것이 아니었다. 그 덕에 파사의 여단 오러 유저들도 감당할 수 있 었다.

길어지는 공성전을 지켜보며 에밀 스트라우스가 혀를 찼 다.

"역시 제국은 만만치 않군요."

황금가지회의 엘프와 드워프 마법사 들도 생각보다 힘을 쓰지 못하고 있다.

제국 마탑이 설치해 놓은 성벽 방어 결계에 계속 막히는 것이다.

기엔 렌이 지팡이를 고쳐 쥐며 말했다.

"내가 나서겠소."

여기서 그가 직접 10서클 마법을 구사하면 전황을 반전시킬 수 있으리라.

에밀은 고개를 저었다.

"굳이 그럴 필요까진 없지요."

그리고 등 뒤로 가볍게 손짓을 했다.

"당신들이 나설 차례입니다."

건장한 두 명의 청년, 그리고 아름다운 미녀 두 명이 정중히 고개를 숙였다.

"명대로 하겠소."

"왕의 대리인이여."

이들의 시선은 에밀의 손끝을 맴도는 검푸른 빛에 쏠려 있었다.

영롱하게 빛나는 아름다운 빛, 본능적으로 이들이 따라야 하는 복종의 징표였다.

4인의 남녀가 이내 모습을 바꿨다.

"크아아아아아!"

거대한 네 마리의 드래곤이 활개 치며 날아오르기 시작했다.

성체 드래곤의 뒤를 따라 십수 마리의 아성체 드래곤도 날갯짓하며 날아올랐다.

지성이 생긴 성체 드래곤은 인류와 요정족 등 지성체로 변신하는 권능을 터득할 수 있지만 아성체의 용족에겐 아직 그런 능력이 없는 것이다.

그래서 저들은 명령이 내려질 때까지 근처 땅에 내려앉아 대기하고 있었다.

스물이나 되는 드래곤이 일제히 날아오르는 광경은 실로 장관이었다. 이내 작숨 시티 위로 거대한 그림자가 드리워졌다.

병사들이 공포에 찬 비명을 터트렸다.

"드, 드래곤이다!"

"빌어먹을!"

"저게 왜 저렇게 많아!"

드래곤이 지나갈 때마다 바람이 거세게 몰아치며 어둠이 성벽 곳곳을 감쌌다. 수십 줄기의 불길이 연신 도시를 때려

댔다.

콰콰콰콰콰콰!

인간의 비명이 불길로 가득한 전장을 뒤덮었다.

"으아아아악!"

물론 작숨 시티의 방어군도 맥없이 당한 것은 아니었다. 성벽 위에서 계속해 화살과 창, 마법이 드래곤들을 노렸다.

"계속 쏴!"

"어떻게든 떨어트려야 한다!"

무릇 날아다니는 것은 격추당하기 마련.

비행 마법보다 격추 마법이 훨씬 발달한 시대다. 상대가 날아다니는 마법사나 사령술사였다면 어렵지 않게 떨어트릴 수 있었으리라.

문제는 저들이 드래곤이었다는 점이었다.

대부분의 성벽 방어 결계에는 비행 마법 카운터 매직이 걸려 있어서 함부로 날아올랐다가는 똑 떨어지기 십상이다. 그런데 이게 용마력을 사용하는 드래곤들에겐 통하지 않는 것이다.

그러니 직접적인 격추 마법으로 상대해야 하는데, 드래곤들은 날아다니면서도 마법에 대한 저항을 쉽게 해낸다.

원래부터 날아다니는 종족들이었으니까.

두 발로 걸어 다녀야 할 놈들이 마법이란 편법을 써서 억지로 허공을 떠다니는 것과는 자연스러움에서 차원이 다르다.

쾅! 콰쾅! 콰콰쾅!

드래곤들 주위로 연신 마법이 폭발했다. 하지만 큰 피해를 입은 놈들은 거의 없었다.

계속해 도시 상공을 선회하며 용의 숨결을 토하고 또 토해 낸다.

콰콰콰콰콰콰!

사흘 뒤, 결국 파멸이 도시 전체를 감싸 안았다.

✳

함락된 작슘 시티는 현세의 지옥으로 변했다.

거리마다 마물들이 서성대고 언데드와 악령 들이 죽음의 기운을 퍼뜨린다. 골목마다 불길이 치솟고 시체가 나뒹군다.

곳곳에서 휘날리는 테스라낙의 검은 깃발 아래, 시민들의 비명이 메아리쳤다.

"으아아아악!"

"아아아악!"

사방에서 피가 흐르고 또 흘렀다. 그중에서도 특히 참혹한 상황에 처한 이들은 7여신교의 성직자들이었다.

"테스라낙의 이름으로!"

"더러운 여신의 개들을 거두어라!"

수많은 마물들이 엘프와 드워프 들의 지휘 아래 성직자 사냥에 나선다.

저들 역시 한때는 요정족의 유일신, 타알을 섬기는 신관들이었다.

하나 사령술사가 되어 사악한 힘을 다루는 지금은 성스러움이라곤 눈곱만큼도 찾아볼 수 없었다.

수많은 신관들이 붙잡혀 죽임을 당했다.

간신히 살아남아 포로가 된 이들도 내일을 장담할 수 없는 처지.

달의 여신 알리움의 신관, 그렐다 역시 그런 신관들 중 한 명이었다. 하지만 그녀의 운명은 다른 이들과 조금 달랐다.

이상하게 그녀만 따로 붙잡아 적들의 수장에게 끌고 왔으니까.

공포에 떨며 그렐다는 눈앞의 아름다운 엘프를 바라보았다.

'저자가 대마법사 기옌 렌⋯⋯.'

기옌 렌이 만족스러운 표정을 지었다.

"찾았구려."

옆에 서 있던 20대의 인간 청년도 고개를 끄덕였다.

"이렇게 보니 정말 젊군요."

"젊다 못해 어리기까지 하지요."

두려운 와중에도 그렐다는 의아해했다.

대체 저 인간 청년은 누구이기에 대마법사도 하대하지 않는 걸까?

그때 청년이 그렐다 앞으로 나섰다. 그리고 오른손을 들었다.

검푸른 광휘가 손끝에 맺힌다.

'저건?'

마나도 오러도, 신성력도 사령력도 아니었다. 생전 처음 느끼는 생소한 기운이었다.

빛을 머금은 손끝으로 그렐다의 이마를 가볍게 짚었다.

단지 그것이 전부였다.

무슨 복잡한 술법 같은 걸 전개하지도 않았다.

그런데 그렐다의 전신에서 검은 불길이 솟구치며 그녀를 크게 감싼다!

화르르륵!

놀란 그녀의 눈동자가 순식간에 빛을 잃었다. 공허한 시선이 허공으로 향했다.

"……아?"

그리고 잠시 후, 그녀의 눈빛이 돌아왔다. 아까와는 전혀 다른, 심원함마저 느껴지는 깊은 빛이었다.

그렐다가 엘프 대마법사를 향해 빙긋 웃었다.

"다시 만나 반갑군요, 기옌 렌."

기엔 렌도 웃으며 그녀를 맞이했다.

"어서 오시게나, 렐피아나."

그리고 좌우로 손짓을 했다.

"그녀에게 합당한 예우를."

여인을 붙잡고 있던 엘프들이 곧바로 손을 떼고 정중하게 예를 표했다. 그럼에도 그렐다는 전혀 당황하지 않았다.

"이 몸은 정말 오랜만이네요."

오히려 당연하다는 듯 몸을 일으키며 전신을 훑어본다.

"살아 있는 육신이란 게 이런 기분이었나?"

이해한다는 듯 기엔 렌이 고개를 끄덕였다.

"금방 적응이 될 걸세, 나 역시 그랬으니까."

더 이상 그녀는 그렐다가 아니었다.

테스라낙의 사도 중 한 명, 알리움의 타락한 교황, 렐피아 나였다.

렐피아나가 이번엔 인간 청년, 에밀 스트라우스를 돌아보았다.

"그대가 테스라낙 님의 화신?"

"그렇습니다."

"정말 편하군요, 그 힘."

예전처럼 상대를 제압한 뒤, 육체를 속박해 제단에 올려놓고, 기나긴 사령술식을 펼칠 필요가 없다.

그냥 상대와 접촉만 하면 끝이다.

"진작 썼다면 엘레자르와 드렐타인도 무사했을 텐데요?"

기옌 렌이 고개를 저었다.

"꼭 그런 것은 아니라네."

그리고 에밀의 손끝에 맺힌 흑청광을 바라보았다.

"그들의 희생이 있었기에 은총(Grace)을 쓸 수 있게 된 것이니."

에밀이 실소를 흘렸다.

"엄밀히 말하면 그들이 희생할 필요가 없긴 했지요."

원래 계획은 시공회귀한 디오그레스 콜론이 카르나크와 싸우는 것이었다.

제국을 실질적으로 지배하고 있는 엘레자르와 드렐타인을 소모시킬 이유는 전혀 없었으니까.

그런데 일이 꼬이는 바람에 귀중한 인재를 둘이나 잃고, 디오그레스는 강력한 적이 되어 버렸으며, 테스라낙에게로 돌아간 이들을 다시 부르기 위해 제국 침공이라는 거창한 사태까지 일으켜야 했다.

혀를 차며 에밀이 중얼거렸다.

"정말이지 사정도 모르는 주제에 신기할 정도로 이쪽 계획을 방해하고 있다니까요? 하긴, 원래 그런 자였지만."

기옌 렌과 렐피아나가 묘한 눈으로 서로를 바라보았다.

'대체 그 카르나크란 자가 누구이기에…….'

'테스라낙의 화신께서 저토록 신경을 쓰는 거지?'

하지만 감히 묻지 않았다.

—알려 하지 말지어다.

이것이 테스라낙의 절대적인 명령이었으니까.

＊

이제껏 카르나크 일행은 어딜 가건 여행 속도가 그리 빠르지 않았다.

숙식 조건이 너무 까다로운 탓이었다.

제때 밥 다 챙겨 먹고 제때 잠도 자야 하는데, 챙겨 먹는 밥은 신선하고 맛있어야 하며 잠자리도 최대한 고급져야 한다!

여행을 우습게 아는 것도 유분수지, 이걸 다 맞추려니 도저히 빠르게 이동할 수가 없는 것이다.

하지만 이번만큼은 카르나크도 최대한 신속하게 움직이기로 마음먹었다.

전원 빠른 말을 구입해 제스트라드 영지를 출발, 체력을 보존하는 한도 내에서 최대한 달렸다. 경로 역시 최단 루트를 잡아, 길가에서 노숙하거나 거친 음식으로 끼니를 때우는 것도 마다하지 않았다.

필요한 관련 물품은 미리 말로카에게 지시를 해 둬 각지의 황혼교가 꾸준히 조달할 수 있도록 계획을 짰다.

　덕분에, 영지 떠난 지 고작 사흘 만에 카르나크 일행은 유스틸 왕국을 지나 바라칸트 산맥을 넘어 제국령에 들어서고 있었다.

✴

　말을 탄 한 무리의 일행이 흙먼지를 일으키며 거친 관도를 달린다.

　막 산맥을 내려온 카르나크 일행이었다.

　관도 근처의 적당히 커다란 나무를 발견한 라피셀이 일행에게 손짓했다.

　"저기 어때요, 카르나크 님?"

　점심 먹어야 할 때가 이미 지났다. 저 정도면 다들 자리 잡고 배 채우기 적당한 장소가 아니냐는 의미였다.

　안 그래도 지친 카르나크였다. 바로 승낙했다.

　"그래, 쉬었다 가자."

　관도를 벗어난 일행이 말들을 한곳으로 모았다. 사람들이 등에서 내리자 말들도 근처 풀을 질겅질겅 뜯기 시작했다.

　원래 말들은 제대로 된 건초를 먹여야지 이런 길가 풀 따위로 대신할 순 없다. 하지만 간식 정도는 충분히 되는 것이다.

"아고고, 삭신이야."

카르나크가 허리를 펴며 신음을 흘렸다.

"역시 승마는 체력 소모가 장난이 아니란 말이지?"

딱히 엄살이라고 할 순 없었다.

지금 그가 말을 타고 달린 거리를 생각하면 어지간히 단련된 기사라도 안색이 변할 정도로 벅찬 여정이다.

그럼에도 카르나크는 공감대를 얻는 데 실패했다.

"하긴."

"승마가 체력 소모가 심하다곤 하죠?"

"난 모르겠지만."

"저도요."

"보통 사람들은 말 타고 달리는 것만으로도 힘들대요."

순서대로 바로스, 레번, 드렐, 세라티, 라피셀이었다.

전원 오러 유저, 심지어 그냥 오러 유저도 아니고 미래에 무왕급이 될 인재들만 모인 놈들이다.

물론 세라티가 좀 애매하고 드렐이 아직 제힘을 못 찾긴 했는데, 그래도 어디까지나 상대적인 이야기다. 일반적인 오러 유저에 비하면 비교가 안 될 정도로 강하다.

말이 쓰러졌으면 쓰러졌지, 본인이 먼저 지칠 일은 없는 종자들만 모여 있단 소리다. 당연히 이해도 못 하지.

반면 밀리아는 격하게 고개를 끄덕이는 중이었다.

"전 이해해요, 카르나크 님."

"그렇지? 쟤들이 이상한 거지 우리 체력이 약한 건 아니지?"

라티엘의 신성치유술을 받으니 어느 정도 살 만해졌다. 기력을 회복한 카르나크가 바로스를 닦달했다.

"밥 먹자, 밥."

평소였다면 근사한 식당 가서 지역 특산물을 먹었겠지만 지금은 바쁜 몸.

바로스가 배낭을 뒤져 보존 식량을 꺼냈다.

최고급 돼지고기 햄과 신선한 야채를 쓴 샌드위치와 짭짤하게 양념을 해 얇게 썬 소시지 및 견과류였다.

"내내 봐 온 광경입니다만 여전히 적응이 안 되네요."

차려진 성찬을 보며 드렐이 혀를 찼다.

"한시가 바쁜 와중에 이렇게 사치스럽게 굴어도 되는 겁니까?"

그렇다.

분명히 카르나크는 거친 음식도 마다하지 않겠다고 했다. 거친 '음식'이란 소리다.

딱딱한 비스킷과 바짝 마른 육포는 그의 기준에서 애초에 음식도 아닌 것이다!

"아무리 급해도 맛없는 걸 먹고 다닐 순 없지. 이게 얼마나 소중한 한 끼인데!"

그래서 도중에 미리 황혼교를 통해 온갖 도시락을 준비하
게 하고, 챙기자마자 카르나크가 보존 마법 왕창 부여해서
바로스가 열심히 들고 다니고 있었다.

이렇게 하면 딱히 시간을 허비하지 않고도 '그럭저럭 맛있
는' 음식까진 챙겨 먹을 수 있으니까.

다들 나무 밑에 모여 앉아 옹기종기 도시락을 까먹기 시작
했다.

"잘 먹겠습니다!"

"오, 이 집 햄 맛있다!"

"켁, 물, 물 좀."

"그러게 급하게 드시지 좀 말라니깐?"

"여기 와인 있어요, 카르나크 님."

"고마워, 세라티. 그런데 술 먹고 말 타도 되나?"

"물 많이 탔으니까 괜찮을 거예요."

진지한 드렐 입장에서는 영 불만스러운 광경이었다.

제국은 물론이고 대륙 전체의 운명을 건 일전이 곧 벌어질
터였다.

그런데 이런 소풍이라도 나온 듯한 가벼운 분위기라니?

무릇 진정한 전사라면 마른 육포를 질겅질겅 씹으며 전장
으로 달려가야 할 것 아닌가!

이에 대한 카르나크와 바로스의 답변은 단호했다.

"해 봤어."

"쓸데없어요."

"그래 봐야 죽을 놈은 죽지?"

"육포만 먹은 놈보다 골고루 챙겨 먹은 놈이 더 세죠."

"물론 그렇기는 합니다만……."

납득이 안 가 드렐이 투덜댔다.

"그래도 정신력이 다르지 않겠습니까?"

바로 카르나크에게 구박을 당했지만.

"육포 먹어야 생길 정도의 정신력이면 전투에 썩 도움이 될 것 같지 않군."

게다가 레번과 세라티도 비밀 전언으로 따로 구박하고 있었다.

[감사한 줄 알아요.]

[저 양반이 마른 육포로 만족했을 인간이었다면 세상은 벌써 멸망했을걸요.]

[…….]

드렐만 빼곤 다들 느긋하게 식사를 이어 가던 중이었다.

문득 밀리아가 카르나크에게 물었다.

"그 기옌 렌이란 사람이 엘프 대마법사인 거죠?"

"응."

"엘프와 드워프에, 드래곤까지 부하로 다루고 있다고 하셨고요."

"그런데?"

잠깐 생각하더니 밀리아가 질문을 이었다.

"그럼 엘프와 드워프는 대체 얼마나 강한가요?"

드래곤에 대해선 대략적으로나마 알고 있다. 워낙 전해지는 이야기가 많았으니까.

아니, 당장 곁에도 한 마리 있다. 무슨 일이 생길지 몰라 플로케를 데리고 다니고 있거든.

딱히 보는 사람도 없으니 지금은 그냥 드래곤의 모습으로 세라티 주위를 빨빨거리며 날아다니는 중이다.

하지만 엘프와 드워프는?

"그러고 보니 요정족이랑 싸워 본 사람들이 없나, 여기에?"

카르나크의 질문에 레번과 세라티가 고개를 저었다.

"싸우긴 고사하고 만난 적도 없습니다."

"저도요."

"엘프가 만든 ……물건만 쓰고 있어요."

속옷이라고 하려다 왠지 부끄러워 살짝 말을 바꾼 라피셀이었다.

다들 이제 갓 10대 후반에서 20대 초중반의 나이, 게다가 대부분 대륙 서쪽에 위치한 7왕국인이다.

대륙 동쪽에 위치한 요정족과는 지리적으로 얽힐 수가 없다.

"드렐, 자네는?"

30대의 나이이고 제국인이기까지 한 그라 해서 상황이 딱히 다르진 않았다.

"황실을 찾아온 요정족 사절들을 먼발치에서 본 적은 있습니다만. 뭐, 별 의미는 없지요?"

드래곤 랜드의 특이한 상황 때문에 그간 인류와 요정족은 거의 교류가 없었다.

기껏해야 서로 간의 특산품을 교환하는 게 전부일 정도, 그러니 관심도 별로 가지지 않았다.

인류에게 있어 엘프란?

오래 사는 예쁜 귀쟁이.

드워프는?

오래 사는 수염 난쟁이.

딱 이 정도 수준인 것이다.

"그것도 아주 틀린 말은 아니지만……."

실소를 흘리며 카르나크가 자세를 고쳐 앉았다.

"어느 정도는 알려 줘야겠구만. 적에 대해 무지한 것도 문제니까."

＊

엘프와 드워프는 얼마나 강한가?

이건 잘못된 질문이다.

요정족과 싸우기 위한 정보를 묻는다면 이렇게 질문해야

한다.

—엘프와 드워프는 인간과 무엇이 다른가?

"누가 뭐래도 제일 큰 차이점은 수명이지."

드워프는 대략 300년, 엘프는 500년 정도의 수명을 지니고 있다. 물론 저마다 수명이 천차만별이니 딱 잘라 말할 순 없지만 최대치가 대충 저 정도란 소리다.

"그렇다고 단순하게 인간 나이의 3배, 5배라고 생각하면 또 맞아떨어지질 않아."

성장하는 방식이 다르다.

엘프는 대략 50살에 성년이 되며 이후 400살까지 청년의 상태를 유지하다가 이후부터 중년기가 시작, 450살 이후 노화한다.

드워프는 인간과 비슷하게 20살쯤 성년이 되고 이후 150살까지 청년기, 250살까지 중년의 상태를 유지한 뒤 늙어 간다. 유년기와 노화기는 인간과 거의 같은데 청장년의 시기만 월등히 길다는 소리다.

이야기를 듣던 세라티가 부럽다는 듯 뇌까렸다.

"그럼 엘프는 일생의 대부분을 젊은 상태로 사는 거예요? 좋겠다."

레번도 비슷한 반응이었다.

"드워프도 마찬가지네요. 엘프만은 못해도 젊은 시기가 길잖아요."

카르나크가 빙그레 웃었다.

"저게 마냥 좋은 것만은 아니지만."

다들 의아해했다.

"젊은 시절이 오래 가는 건 좋은 게 아닌가요?"

"반대로 생각해 봐. 인간의 청년기가 어느 정도지?"

"사람마다 좀 다르긴 하겠지만······."

드렐이 자신 없는 목소리로 말했다.

"대충 10대 후반에서 30대 후반까지 아니겠습니까?"

"그래, 그리고 인간은 보통 저 시기에 가장 많은 발전을 하게 되지. 기량을 쌓고 학식을 배우는 등."

카르나크의 입가에 비웃음이 떠올랐다.

"엘프는 저게 350년이 걸린다는 거야."

"······네?"

"인간이 20년이면 가능할 걸 350년 동안 해야 한다고."

드워프는 그나마 좀 낫지만, 그래도 100여 년 이상 시간을 들여야 한다.

"둔하다거나 배움이 느린 거랑은 조금 다른 문제야. 요정 족도 인간과 같은 시간을 살아가니까, 당연히 같은 걸 같은 시간 내에 배울 수는 있지."

비슷한 재능을 지닌 인간과 엘프가 검술 하나를 2년 동안

배웠다 치자.

그럼 인간이 2년간 터득한 검술을 엘프는 35년이 걸릴까?

그런 식은 아니다.

재능이 비슷하다면 엘프도 2년 만에 비슷한 수준으로 검술을 익힐 수 있다.

"그런데 육체적인 변화는 전혀 다르거든."

검술을 익히는 2년 동안 인간은 자연스레 말라깽이에서 근육질 전사가 될 것이다.

그런데 엘프는?

2년 후에도 여전히 말라깽이다. 인간과 비슷한 수준의 근육을 키우려면 35년이 걸린다.

"물론 엘프들 대부분이 날씬한 건 수명보다는 타고난 체질 문제가 더 크지만."

똑같이 수명이 긴 편이지만 드워프들은 근육 잘만 붙는다. 괜히 드워프들 대부분이 수염이 덥수룩한 게 아니다.

"사실 요정족의 수명이 주는 문제는 육체 자체보단 마나와 오러, 신성력 같은 기운 쪽이 더 커."

엘프와 드워프는 인간보다 기운을 쌓는 데 몇 배나 오랜 시간이 걸린다.

오래 사는 요정족들이라 해서 반드시 인간보다 강한 자가 많이 나오지는 않는 이유이기도 하다.

"자, 이 정도 설명했으니 대충 요정족 전사들이 어떤 스타

일인지 알겠지?"

성직자인 밀리아가 눈을 깜빡였다.

'네? 아무것도 제대로 알려 준 게 없는데요?'

하지만 오러 유저들은 달랐다.

다들 이해했다는 듯 고개를 끄덕인다.

"과연, 동급의 오러 유저라면 인간보다 엘프의 육체적 능력이 크게 떨어지겠군요."

"검술 역시 정교한 변화 위주일 테고요. 패도적인 검술은 아무리 오래 수련해 봐야 육체가 따라 주지 않으면 의미가 없죠."

"숙련도도 높겠네요. 느린 육체 변화를 세월로 메웠을 테니까."

"드워프는 체질적으로 근육이 잘 붙는다고 했죠? 그럼 육체적으로도 강인하고 경험도 많겠네요."

"대신 팔다리가 짧으니 리치 면에선 불리하겠죠. 드워프는 오히려 힘을 앞세운 검술 위주일까요?"

"인간 기준에선 힘을 앞세운 검술이, 드워프 입장에선 정교한 세검술일 수도 있지요."

"드워프 전사가 엘프 전사보다 더욱 경계해야 할 대상일 겁니다. 투기를 쓰면 거리는 어느 정도 극복할 수 있으니까요."

의견을 주고받은 뒤 일행은 카르나크를 빤히 바라보았다. 자신들의 추측이 맞냐는 시선이었다.

카르나크와 바로스는 빙그레 웃었다.

"요정족 전사에 대해선 대강 이해한 것 같군."

다들 타고난 재능이 워낙 뛰어나니 이 정도만 설명해도 곧바로 정답을 유추해 간다.

"그런데 요정족 마법사의 경우엔 또 상황이 조금 달라."

⁂

현 대륙에서 무왕이라 불리는 이들은 전원 인간이었다. 미래에 무왕의 구성원이 바뀌었을 때도 이 사실 자체는 변하지 않았다.

그렇다면 요정족 전사는 인류에 비해 궁극의 경지에 도달하기 어려운 걸까?

정답은 그렇기도 하고 아니기도 하다……이다.

요정족 사이에서도 종종 무왕급의 전사들이 나온다. 실제로 엘프 무왕이나 드워프 무왕의 존재는 엄연히 역사 속에 기록되어 있다.

문제는 저 '종종'이 인간 기준으론 '엄청나게 가끔'이라는 점이었다.

수명도 워낙 길고 숫자도 워낙 적으니, 인간은 3대가 바뀔 때쯤 되어서야 요정족에서도 무왕이 배출되는 것이다.

"반면 대마법사는 꾸준히 배출하고 있지."

웃으며 카르나크가 말을 고쳤다.

"정확히 말하면, 한 번 나온 대마법사가 수백 년 동안 은퇴하지 않는 것이지만."

육체가 쇠퇴하면 힘도 줄어드는 전사들과 달리 마법사는 나이를 먹어도 힘을 유지한다. 경지에 오르면 엘레자르처럼 마법으로 어느 정도 노화를 막을 수도 있다.

이런 이유로 요정족 대마법사는 오랜 시간 자리를 지키며 후학을 양성할 수 있었다. 이것이 시간이 흐르며 조직화된 것이 대륙의 3대 마법학파 중 하나인 황금가지회였다.

"참고로 대부분의 요정족 마법사들은 엘프야. 드워프는 거의 없어."

카르나크의 설명에 밀리아가 고개를 갸웃거렸다.

"왜요? 드워프가 머리가 나빠서요?"

"그럴 리가? 머리 좋고 나쁜 건 종족별로 큰 차이가 없지."

드워프 중에서도 마법사가 될 만큼 머리가 좋은 이들은 분명히 존재한다.

다만…….

"힘이 워낙 좋거든."

애초에 드워프는 근육이 잘 붙는 체질을 지니고 태어난다. 어지간한 사태는 근력으로 헤쳐 나갈 수 있다는 소리다.

"원래 세상은 아쉬워야 발전하는 법이잖아?"

몸이 좋아서 머리가 고생할 일이 없다. 그렇다 보니 마법에 관심을 가지는 이도 적다.

드워프 중 황금가지회의 문을 두드리는 이가 아주 없는 것은 아니지만, 아무래도 대부분의 요정족 고위 마법사는 엘프일 수밖에 없었다.

"그리고 엘프 마법사는 인간 마법사보다 몇 배나 마나가 천천히 쌓이지, 요정족 전사들과 마찬가지로."

의아해하며 드렐이 물었다.

"그럼 장단점도 비슷한 것 아닙니까?"

패도적인 마력 운용으로 밀어붙이기보다는 정교하고 세련된 마법으로 노련하게 마법을 펼치는 것.

"맞아. 기본적으로는 그래."

그럼에도 카르나크가 조금 다르다고 한 부분이 있다.

"그런데 무술과 달리 마법에는, 무작정 시간만 오래 투자하면 강해지는 분야가 하나 있거든."

정령 마법이었다.

이 마법은 마법의 난이도보다 정령을 얼마나 잘 다루느냐에 대한 능력이 더욱 중요하다.

"들어가는 마나 양은 별로 안 많아. 난이도도 별로 어렵지 않지. 그저 불러낸 정령이 더럽게 말을 안 들어서 기피할 뿐."

그런데 수백 년씩 마법을 익혀야 하는 엘프들은 상황이 다르다.

어차피 마나는 더럽게 안 쌓인다. 마나가 쌓이기 전까진 터득할 수 있는 마법의 숫자도 한정되어 있다.

"그러니 남는 시간에 정령을 길들이는 데 전념하는 거지, 그것도 수백 년을."

아무리 말 안 듣는 정령들이라도, 수백 년간 안면을 익힌 이들의 부탁은 어지간해선 들어주는 것이다.

레번이 헛웃음을 흘렸다.

"그게 바로 엘프 하면 정령 마법이란 이미지가 생긴 이유 군요?"

"다른 분야는 인간 마법사와 크게 다를 게 없으니까."

문득 세라티가 부르르 떨었다.

"설마 엘프들은 카르나크 님처럼 정령 마법을 구사한다는 건가요?"

그렇다면 실로 악몽일 것이다. 지금도 정령 거인들에게 몰 매를 맞던 적들의 비참한 광경이 눈앞에 선한데?

"아, 그 정도는 아니고."

아무리 엘프라 해도 카르나크와 같은 방식으로 정령 마법 을 쓸 순 없다. 저건 애초에 방향성이 다르다.

"그냥 엘프 마법사와 상대할 때는 파괴력으로 밀어붙이는 경우도 산정해야 한다는 거야, 정령 마법이 있으니까."

이렇듯 요정족 전사와 마법사의 특징까지 전부 설명한 뒤,

카르나크는 요정족 성직자 쪽도 짧게 설명했다.

"이 경우엔 요정족 전사들이랑 장단점 똑같다고 보면 돼."

동급일 경우 경험이 인간보다 많고, 신성력 쌓이는 속도가 상대적으로 느리니 세밀한 술식 전개 위주로 싸우는 것.

"정령 마법이 없는 요정족 마법사 같은 식이네요?"

"그렇지, 그 외에 인간 성직자와의 차이점이라면 섬기는 신이 7여신이 아니란 것 정도이려나?"

요정족은 인류와 달리 자연신 타알을 유일신으로 숭배한다.

"하지만 신관의 계급이라거나 신성 주문의 종류 등은 또 굉장히 유사하고."

말을 마친 뒤 카르나크가 와인잔을 들어 목을 축였다.

"대강 이 정도면 요정족에 대해 급하게 알아야 할 건 다 알려 준 것 같군."

그때 라피셀이 조심스레 손을 들었다.

"저기요, 카르나크 님."

"응? 왜?"

"그럼 요정족은 일곱 여신님을 안 믿는다는 건가요?"

"말했잖아, 타알을 숭배한다고."

"그렇다면……."

잠시 밀리아의 눈치를 보더니 라피셀이 마저 물었다.

"요정족들은 이교도인가요?"

7여신교는 일곱 여신만이 진실된 신이며, 다른 존재들은 모두 이단으로 간주한다.

이 교리에 따르면 타알은 가짜 신이어야 한다.

그런데 지금 카르나크의 설명에 따르면 요정족 성직자도 신성 주문을 구사한다지 않은가, 그것도 7여신교와 매우 유사한.

카르나크의 눈동자에 흥미로워하는 빛이 어렸다.

"그게 재미있는 이야기인데⋯⋯."

실제로 인류와 요정족 사이에선 서로의 신앙에 대해 오랜 논쟁이 있었다. 하지만 감히 서로를 이단이라 단언할 수는 없었다.

양쪽 모두 멀쩡하게 신성 주문을 사용하니까.

애초에 일곱 여신이 진정한 신이라는 증거가 바로 여신께서 내려 주신 이 성스러운 힘이다.

그런데 타알을 섬기는 요정족 신관도 틀림없이 성스러운 힘을 구사한다, 그것도 7여신교랑 비교해 별 차이도 없다.

서로를 이단으로 욕하자니 앞뒤가 맞지 않게 되는 것이다.

"그래서 꽤 오랜 시간 교리 연구가 있었고, 나름대로 각자 결론을 내린 모양이더라고."

요정족의 입장은 이것이었다.

짧은 수명을 지닌 어리석은 인류는 유일신 타알의 편린밖에 보지 못한다. 그래서 신의 일부를 일곱 여신으로 '착각'해서 섬기고 있다.

반면 인류의 입장은 이것이다.

수명만 길지 여전히 야만적인 시대에서 벗어나지 못한 저 멍청한 요정족은, 일곱 여신조차 구별할 능력이 없어서 '하나의 신'인 줄 알고 있다.

"뭐예요, 그게?"

라피셀이 어이없어했다.

"양쪽 다 잘 모른다는 소리잖아요, 그냥."

"그래서 마법사들 중에는, 타알이건 일곱 여신이건 실존하지 않는 개념일 뿐이라고 주장하는 경우도 있어."

인간의 신앙이 모여서 신적인 권능을 이루고, 그것을 다시 인간들이 나눠 쓰는 것이 바로 신성 주문의 실체라는 것이다.

그래서 인간의 신앙이 모인 근원 된 힘을 은총(grace), 나눠 쓰는 힘을 신성력(divine power)이라고 따로 지칭해야 한다는 의견도 있다.

"7여신교에서 알면 치도곤을 칠 일이라 대놓고 떠들 수 없는 이론이지만 말이지."

힐끔 옆을 보며 라피셀이 어깨를 웅크렸다.

"그, 그렇겠네요."

실제로 밀리아의 안색이 흥분으로 붉으락푸르락한 상태였

다.

어찌 감히 그런 신성모독을 저지를 수 있냐고 외치고 싶은데, 차마 상대가 카르나크라 입을 못 떼는 분위기다.

실실 웃으며 카르나크가 자리에서 일어났다.

"그럼 배도 꺼졌겠다, 다시 출발하자고."

기옌 렌의 침공에 맞서 제국이 준비한 전력은 실로 가공한 수준이었다.

일단 라케아니아 최강이라는 제국기사단 중 절반이 토벌대에 투입되었다.

단장인 실버나이트 체펠린은 황실 수호라는 임무가 있으니 제도를 떠날 수 없었지만, 이를 제외해도 충분히 엄청난 전력이었다.

제국 마탑과 여명탑의 마법사를 차출해 마법사단을 꾸리고 7여신교의 협력하에 신관단도 충실히 구성했다.

여기에 제국 각 영지에서 군대를 모아 상비군인 동부 제국군 휘하로 재편하니 그 숫자가 자그마치 3만!

대륙이 넓다지만 이 정도의 대규모 전력을 준비할 수 있는 나라는 역시 라케아니아 제국뿐이리라.

오러나 마법, 신성력 등의 권능이 발달하지 않았던 옛날에는 몇십만 대군의 기록도 간혹 보인다.

물론 실제 전투 인원은 30% 정도, 나머지는 보급 및 잡일을 담당하는 일꾼의 개념이었으며 숫자 자체에도 허풍이 많이 가미되어 있긴 했다. 그래도 지금보단 확실히 병력의 수가 많았다.

하지만 이는 현시대엔 큰 의미가 없다.

전투 전문가와 일반인의 격차가 너무 크니까.

가장 하급 오러 유저인 레드 나이트만 해도 맨손으로 일반 농민 수십 명을 우습게 학살할 수 있다. 마법사나 성직자도 조건만 맞으면 충분히 비슷한 일을 할 수 있다.

이 정도로 격차가 심한데 농민을 징집해 기초 훈련을 시킨 뒤 전장에 세워 봐야 무슨 도움이 되겠는가? 괜히 밥만 축내지.

그러니 3만이면 정말 나라 하나를 멸하기에 충분한 전력인 것이다.

이들을 지휘할 총사령관으로는 현재 제국이 내밀 수 있는 최강의 카드가 준비되었다.

탈레도의 무왕 바탈록.

여명탑주 디오그레스 콜론.

엘레자르와 드렐타인이 없는 지금, 이들이야말로 제국을 상징하는 검과 마법 그 자체일 터였다.

문제는 이 두 사람이 정말 지긋지긋하게 오래된 악연이라는 점이었다.

　짙은 흑갈색 머리칼에 같은 색의 수염, 덥수룩한 인상에
전신이 근육으로 똘똘 뭉친 듯한 50대의 거한이 언성을 높이
고 있었다.

　"아니, 그러니까 저놈과 함께 싸울 바엔 그냥 나 혼자 나
서겠다니까요!"

　무의 극한에 도달한 자, 탈레도의 무왕, 바탈록이었다.

　함께 서 있던 또 다른 50대 사내가 눈살을 찌푸렸다.

　"폐하의 어전이다, 어찌 그리 무식한 태도를 고집하는가?"

　오랜 앙숙, 디오그레스 콜론을 손가락질하며 바탈록이 신
경질을 부린다.

　"저거 보시라고! 지금도 잘난 척하잖소!"

　제국 황제 고드프리드 2세는 깊은 한숨을 내쉬었다.

　한 분야의 궁극에 도달한 무의 제왕이, 심지어 나이도 50
을 넘긴 주제에 어쩜 저리 성품이 가벼운지 모르겠다. 저잣
거리 건달이나 할 법한 말투가 아닌가?

　도저히 남들 앞에선 보여 줄 수 없는 광경이다. 그래서 일
부러 집무실로 둘만 불렀는데도 여전하다.

　"이보게, 바탈록 경."

"예, 폐하."

"정녕 짐의 뜻을 거역하겠다는 건가?"

"누가 거역하겠다고 했소? 저놈이랑 같이 못 싸운다고 했지."

바탈록이 눈을 부라렸다. 상대가 제국 황제라는 걸 감안하면 불경죄로 다스릴 수도 있는 태도였다.

하나 황제는 그저 한숨만 한 번 더 내쉴 뿐이었다.

'고집 센 놈이 힘까지 세니 정말 대책이 없구먼.'

상대는 무왕, 황제라 해도 마냥 권력으로 찍어 누를 수 없는 존재다.

게다가 바탈록이 딱히 제국에 충성을 다하지 않는 것도 아니거든.

"그냥 저한테 전부 맡겨 주쇼! 그 마법 쓰는 귀 긴 놈 모가지를 똑 따서 폐하에게 떡하니 바칠 테니까!"

"상대는 대마법사다. 아무리 자네가 무왕이라지만 대마법사의 도움 없이 승리를 확신할 수 있다고 생각하나?"

"저 인간도 어차피 저랑 같이 움직일 리가 없소. 저만 이러는 게 아니란 말이오."

바탈록의 항변도 아주 일리가 없는 것은 아니었다.

무왕과 대마법사라는 동급의 존재에, 서로의 지위나 경력도 거의 차이가 없다.

군대를 지휘할 경우 한쪽이 다른 한쪽으로 들어갈 수 없다는 소리다.

"군대에 우두머리가 둘인 것은 생각보다 심각한 문제입니다, 폐하. 이게 꼭 제 감정만으로 고집 피우는 게 아니란 말입니다."

디오그레스가 코웃음을 쳤다.

"난 자네처럼 어리석고 무도하지 않지. 폐하의 명이 있다면 얼마든지 손을 잡을 수 있다네."

"그래? 그럼 내가 총사령관 하고 자네가 부사령관 할 텐가? 응? 그렇게는 못 하겠지?"

"폐하의 뜻이라면……."

"그것 봐, 못 한다고 했…… 엥?"

비웃던 바탈록의 안색이 굳었다.

"……정말 내 밑으로 들어오겠다고?"

"못 할 것도 없지."

바탈록은 유심히 디오그레스의 안색을 살폈다.

차분한 얼굴이었다. 아무래도 비아냥거리는 의미로 말한 것은 아닌 것 같았다.

'이놈 정말 디오그레스 맞나?'

최근에 엘레자르, 드렐타인과 대판 싸웠다더니 사람이 확바뀐 느낌이다.

'그만큼 사교도 놈들이 무섭다는 건가?'

황제가 엄숙한 어조로 명을 내렸다.

"바탈록, 그대를 토벌군 총사령관으로 명한다. 부사령관 디오그레스 공과 함께 저 무도한 것들을 벌하도록."

"그렇게까지 말씀하시면야……."

바탈록이 한풀 꺾인 목소리로 고개를 숙였다.

"받아들이지 않을 수가 없구만요."

# 타락 교황

토벌대의 총사령관이 된 바탈록은 참모진을 모아 앞으로의 전략을 세웠다.

기옌 렌의 진군로는 대강 예측이 된다.

동부 국경 요새 멘트 시타델에서부터 꾸준히 서쪽으로 향했고, 그 끝에는 명백하게 제도가 위치해 있었으니까.

지도 한곳을 가리키며 바탈록이 말했다.

"그러니, 라파올 평야에서 놈들과 일전을 치르겠다."

라파올 평야는 제도 테아 크라한과 작숨 시티의 중간 지역으로 대군이 회전을 치르기에 적합한 지형이었다.

장소가 결정되자 참모진이 머리를 싸매며 전술을 짜낸 뒤 바탈록에게 바쳤다.

"훌륭하군, 이대로 싸우면 되겠어."

그리고 다음 날, 그 모든 계획이 물거품이 되었다.

새로운 정보가 입수된 탓이었다.

"기옌 렌이 남쪽으로 향했습니다."

"뭣이?"

작숨 시티를 점령하고 새로운 언데드 군세를 일으킨 기옌 렌이 대군을 이끌고 대거 남하했다.

저들이 제도를 노린다면 계속 서진을 했어야 한다.

바탈록이 혀를 찼다.

"하긴, 생각해 보면 한 번도 제도를 노린다고 대놓고 말한 적은 없구만."

그냥 제국 측에서 지레짐작한 것뿐.

"그럼 기옌 렌이 노리는 건 뭐지? 단순한 혼란 그 자체인 가?"

✳

제국 동남부 아룬강 어귀에 세워진 말란드 성채는 작숨 시티에서 동남쪽으로 닷새쯤 걸리는 거리에 위치한 군사 요새였다.

높은 성벽과 방어탑, 각종 마법 결계로 중무장한 요새로 그 규모도 상당해 상주하는 병력이 3,000에 달한다.

내부에는 군사 시설뿐 아니라 민간인이 거할 주택이며 식량 저장고 등도 충실히 마련되어 있어 열 배의 적이 쳐들어와도 족히 100일은 버틸 수 있게 설계된 곳이다.

  이 모든 것이 비참하게 무너지는 데는 채 하루도 걸리지 않았다.

  굳건하던 성벽이 조각난 과자처럼 박살 나 사방으로 흩어져 있다. 그 위로 매캐한 연기가 자욱하게 피어오른다.

  용의 숨결이 스쳐 지나간 자리였다.

  대부분의 건물들이 완전히 부서져 잿더미로 변한 뒤였다. 말라붙은 대지 곳곳에 무수한 시체가 널려 있었다.

  간신히 살아남은 이들도 사슬에 묶여 마물들의 손길에 따라 비참하게 끌려다닐 뿐.

  "으으⋯⋯."

  "여신이시여⋯⋯."

  "어찌 이런 일이⋯⋯."

  절망한 이들 사이로 30대 초반의 사내가 이를 갈고 있었다.

  "이 추악한 놈들!"

  검은 머리에 검은 눈동자, 걸치고 있는 법복은 재로 더럽혀졌지만 자세히 보면 은하수가 새겨져 있다. 별의 여신 파르넬을 섬기는 신관이란 증거다.

  "기엔 렌! 그대도 명색이 대마법사가 아니냐! 요정족은 물론이고 인류에게도 존경받던 영웅이었을 텐데 이런 끔찍한 죄악을 저지르다니!"

꽤나 강단이 있는 사내였다.

엘프 전사들에 의해 전신이 결박된 상태임에도 두 눈을 똑똑히 뜨고 욕설을 퍼붓는다.

"이 수많은 시체들을 보고도 아무 느낌도 들지 않는 건가? 정녕 죄책감마저 없어졌단 말이냐! 죽은 자를 다루며 산 자를 희롱하다니, 이 무슨 비열하고 비겁한 짓이냐!"

기엔 렌은 아무 대꾸도 하지 않았다.

그저 등 뒤를 돌아보며 한마디 건넬 뿐이었다.

"부탁하오."

20대의 젊은 기사가 앞으로 나섰다.

붙잡힌 파르넬의 신관이 언성을 높였다.

"뭐냐, 네놈은? 인간? 새파랗게 어린놈이 사교도가 된 것이냐? 통탄할 일이로구나! 어찌 바른길을 저버리고 그 나이에 벌써 죄악의……."

에밀 스트라우스가 시끄러운 사내의 이마에 손가락을 갖다 댔다. 검은 연기가 폭풍처럼 일어나 사내의 전신을 감쌌다.

"으, 으아아악!"

처절한 비명을 터트리며 사내가 부르르 떨었다. 그리고 잠시 후, 차분한 얼굴로 다시 머리를 들었다.

법복에 묻은 재를 털며 흥미롭다는 표정을 짓는다.

"오? 나 돌아왔나? 돌아왔군. 그래, 분명히 생육신이야.

이거 정말 심장도 뛰고 숨도 쉬네. 아니, 기옌 렌 공! 여기서 다시 보니 반갑구려. 나 좀 시끄러웠지? 내가 이 나이 때는 좀 말이 많아서……."

기옌 렌은 생각했다.

'여전하군, 이 양반.'

더 이상 이곳에 파르넬의 2급 신관은 존재치 않는 것이다.

미래에서 회귀한 타락한 별의 교황, 레오슬라프가 있을 뿐.

스스로를 돌아보며 레오슬라프가 계속 주절거렸다.

"과연, 이런 식으로 기옌 공도 이 시대의 육체를 확보한 거군. 아무리 대마법사라도 악수하자마자 상황 끝인데 어떻게 막을 방법이 없겠지."

그러더니 문득 에밀을 바라보며 물었다.

"그대가 테스라낙의 화신이시오?"

웃으며 에밀이 대꾸했다.

"그냥 에밀 스트라우스라 부르시면 됩니다."

그리고 품에서 뭔가를 꺼내 레오슬라프에게 건넸다.

칠흑의 정육면체, 역시공 초월체였다.

"자, 이제 주어진 의무를 행하세요."

정육면체를 받아 든 레오슬라프는 잠시 눈을 감았다.

지금 그가 깃든 이 육체는 아직 젊고 미약하던 시절의 것.

이대로는 테스라낙께서 내리신 대업을 수행할 힘이 없다.

"나의 주여, 굽어살피소서……."

짧은 기도문과 함께 역시공 초월체로부터 어둠의 권능이 피어올라 레오슬라프에게 스며들기 시작했다.

사내의 전신에 검은 기류와 별빛 성광이 동시에 휘몰아친다.

죽음과 어둠을 지배하고 모든 섭리를 거스르는 역천의 힘이었다.

"준비되었소."

작숨 시티를 함락한 기엔 렌의 군세는 이후 말란드 요새까지 잿더미로 만들며 계속 남쪽으로 진군했다.

토벌대 입장에선 대폭 계획을 수정해야 할 상황이었다.

이래서야 적들의 행군로 앞에 미리 자리 잡고 기다리는 방식은 쓸 수 없다.

"뒤쫓아가야겠군."

지도를 살피며 바탈록이 물었다.

"지금 놈들의 위치가 어디쯤이지?"

그간 들어온 정보를 바탕으로 부관이 지도 한쪽을 가리켰다.

"아스샨 지방에서 카스불 평야를 따라 서남쪽으로 행군 중입니다."

"우리도 그곳으로 향한다. 그에 맞춰 준비하도록."

바탈록의 명에 따라 토벌대 참모진에 다시 한번 전략, 전술을 수정했다.

그런데 또 상황이 바뀌었다.

다급히 달려온 제국 각지의 전령들 때문이었다.

저마다 남쪽, 북쪽, 서쪽에서 온 이들인데 내용은 대동소이했다.

"검은 신의 교단이 난을 일으켰습니다!"

처음엔 바탈록도 어이없어했다.

"지금 그걸 모르는 이가 제국에 어디 있다고 그런 소릴 하는 건가?"

기옌 렌이 사교도의 깃발을 휘날리며 제국을 침공 중이란 건 진작에 퍼진 소식인 것이다.

그러나 전령들의 정보는 전혀 달랐다.

"기옌 렌을 의미하는 것이 아닙니다!"

"제국 곳곳에서 동시다발적으로 사교도들이 난을 일으키고 있습니다!"

✳

현재 라케아니아 제국을 어지럽히는 검은 신의 교단 세력은 넷으로 나뉘어 있다.

우선 펠란티아 산맥을 넘어 제국을 침공한 대마법사 기옌 렌의 본진.

황금가지회의 마법사에 강력한 엘프, 드워프 전사 들을 거느렸으며 온갖 마물 군대와 수십 마리의 드래곤마저 포진한 최강의 전력이다.

"여기에 제국 북쪽, 남쪽, 서쪽에서 검은 신의 사교도 군대가 추가로 봉기했습니다."

허공에 떠오른 마법 영상 속 해골, 말로카가 차분히 보고를 이었다.

"온갖 종족이 뒤섞인 기옌 렌의 군세와 달리 전형적인 사교 세력이지요."

죽은 까마귀의 안구를 통해 뿜어진 빛이 생성하는 소통용 환영이었다.

날짐승이나 들짐승의 사체를 통해 장거리 연락을 취하는 이 사령술은 황혼교의 주된 통신 수단이었다.

원래 기존의 사령술사들은 잘 사용하지 않는 방식이기도 했다.

수법 자체가 그리 어려운 것은 아니지만 워낙 들키기 쉬운 것이다.

하늘에 웬 까마귀가 사기를 풀풀 풍기며 날아다니면 여신의 성직자가 못 알아차릴 수 없으니까.

설령 어두운 밤이라도 상관없다. 성직자가 더러운 기운을 느끼는 방식은 시각에 의존하지 않는다.

하지만 검은 신의 교단이 등장한 이후론 달라졌다.

놈들은 어둠의 권능을 보다 세밀하게 감출 수 있는 방식을 개발해 냈다. 이제 높은 하늘을 날아다니는 언데드의 사기 정도는 충분히 숨길 수 있게 되었다.

카르나크 또한 비슷한 수법을 황혼교에서 똑같이 전파했으니, 양쪽 모두 예전에 비해 정보 전달 속도가 비약적으로 늘어난 상태였다.

환영 통신을 이용해 말로카가 마저 보고했다.

"검은 신의 교단 쪽 군대는 기엔 렌 쪽과는 구성이 다릅니다."

강력한 사령술사가 수많은 언데드 군대를 이끌고 다니며 산 자들을 죽여 계속해 세를 불리는, 전형적인 사교도의 방식을 고수하고 있다.

"위세를 보면 제국에 숨어 있던 사교도들도 이번이 마지막이라는 각오로 모조리 들고일어난 듯하더군요."

숨도 안 쉬는 주제에 잠시 숨을 고르더니, 말로카가 진지하게 말을 이었다.

"그리고 저들의 지휘관은 카르나크 님도 아주 잘 아시는 자들입니다."

바다의 여신 아티마의 타락한 교황, 발레리아 베릴리.

그녀는 북쪽의 사교도들을 지휘하고 있다.

하늘의 여신 사이샤의 타락한 교황, 리게일 혼트와 불의 여신 카테라의 타락한 교황, 스플렌디아 비투스.

이들이 서쪽의 사교도를 지휘한다.

그리고 달의 여신 알리움의 타락한 교황, 렐피아나 인빅트와 별의 여신 파르넬의 타락한 교황, 레오슬라프 발터.

"이들은 남쪽의 사교도를 지휘하고 있지요."

카르나크가 고개를 끄덕였다.

"총 5명인가? 제덱스는 아무래도 돌아오지 못한 모양이고."

이걸로 대지의 여신 하토바의 버네빌을 제외한 모든 타락한 교황이 이 시대에 모습을 드러냈다.

"버네빌은 아직 시공회귀를 안 한 건지, 아니면 따로 움직이고 있는 건지 모르겠군."

"한 가지 확실한 건 예전과 다르게 굉장히 쉽게 미래인들을 시공회귀시키고 있다는 겁니다. 대체 뭐가 달라진 건지는 모르겠지만요."

"제국의 대응은?"

"무시할 순 없으니 저쪽도 전력을 나눈 듯합니다."

누가 뭐래도 대마법사 기엔 렌이 이끄는 본대가 가장 강력한 적이라는 건 확실하다. 그러니 바탈록과 디오그레스 콜론의 본진도 여전히 기엔 렌을 노리고 있다.

대신 3만의 대군에서 5,000씩 차출해 각지로 보냈다.

그 탓에 토벌대의 규모는 15,000으로 줄었고 휘하 오러 유저와 성직자의 세력도 꽤 약화되었다는 모양이다.

"제국에서도 각 지역별로 대응은 하고 있단 말이지?"

카르나크가 뭔가 생각하더니 말했다.

"그럼 우리 계획 자체는 크게 바꿀 필요가 없겠군."

저들끼리 싸우는 틈을 타 뒤통수 맛깔나게 때리고 수뇌부 빼돌리기.

다만 원래는 기옌 렌을 노리고 제국으로 건너왔는데 상황이 이렇게 변했으니 선택지도 넓어졌다.

바로스가 물었다.

"역시 타락 교황들 쪽을 노리는 게 낫겠죠?"

대마법사에 황금가지회를 등에 업었고 드래곤까지 부리는 기옌 렌에 비하면 아무래도 타락한 교황들 쪽이 만만하다. 기옌 렌 쪽이야 제국이 알아서 하겠지.

"문제는 저들 중 누구를 노리냐는 건데⋯⋯."

"일단 발레리아는 피하자."

카르나크의 의견에 레번이 의아해했다.

"왜요?"

"다른 타락 교황들과 달리 혼자 움직이고 있으니까."

"그럼 더 만만한 것 아닙니까?"

"반대지."

다른 타락 교황들은 둘씩 다니는데 발레리아만 홀로 움직이고 있다.

어째서? 그녀가 다른 교황보다 월등히 강해서?

보다 현실적인 추리는 이쪽이다.

"발레리아만 혼자잖아? 그럼 겉으로 드러나지 않은 전력이 붙어 있을 가능성이 커."

그 전력이 누구일지 짐작하는 것은 그리 어려운 일이 아니다.

"벨티아겠지."

그녀의 행적에 대해선 카르나크도 모른다. 하지만 검은 신의 교단에 충성을 바치고 있다는 것만은 분명하다.

아무리 카르나크 일행이 예전보다 강해졌다곤 해도 무왕 벨티아는 여전히 만만치 않은 상대인 것이다.

물론 카르나크가 그녀를 두 번이나 이긴 전적이 있긴 하지만……

"사람 새끼라면 그딴 걸 승리로 치부하면 안 된다더라."

바로스가 실소를 흘렸다.

"누가 한 소린지 알겠네요."

참고로 세라티는 현재 드렐과 라피셀, 밀리아와 함께 야영지를 지키고 있었다. 말리카의 보고를 받기 위해 카르나크와 바로스, 레번만 따로 자리를 비웠으니까.

하여튼 저런 이유로 북쪽의 발레리아는 건드리기 께름칙

하다.

그렇다면 서쪽과 남쪽 중 하나를 골라야 하는데…….

카르나크가 결정을 내렸다.

"남쪽이다."

정확히는 별의 여신 파르넬의 타락한 교황, 레오슬라프 발터를 노린다.

레번이 의아해했다.

"일부러 그자를 노리는 이유가 있습니까?"

"우리 목적이 뭐야? 테스라낙의 비밀을 알아내려는 것이잖아?"

정신 지배나 세뇌로 적의 정보를 캐내려면 좋은 질문을 던지거나, 적이 자발적으로 토설해 주는 편이 유리하다.

"말 많은 놈일수록 정보 캐내기도 쉽단 소리지."

카르나크의 입가에 회심의 미소가 떠올랐다.

"레오슬라프, 그 인간처럼 말이야."

※

제국 중남부, 일페타 지방의 제도스 백작령.

아름답기로 소문났던 이 영지는 현재 혼탁한 전투로 얼룩져 있었다.

"불화살을 쏴라!"

"절대 접근하게 두지 마!"

"모조리 죽여 버려!"

"이미 죽은 놈들인데요?"

"두 번 죽여!"

성채를 기반으로 기사와 병사들이 필사적으로 항전한다. 몰려오는 언데드들이 연신 불타고 부서져 쓰러져 간다.

"어림없다, 사교도 놈들아!"

백작가 기사 중 한 명이 의기양양하게 외쳤다.

"우리가 이런 언데드를 하루 이틀 상대하는 줄 아느냐!"

다들 사기충천해 성채를 지키고 있었다.

현재 제도스 백작령을 지키는 병력은 3,000에 육박한다. 백작령의 기사들과 인근에서 모여든 병력, 남부 제국군까지 합세한 전력이다.

반면 적들, 검은 신의 교단 남부군은 그렇게까지 엄청난 적은 아니었다.

온갖 강력한 마물들이 포진해 있는 기옌 렌의 군세와 달리 레오슬라프와 렐티아나의 군세는 언데드와 사교도 무리가 주력이었다. 드래곤 같은 초월적인 전력은 없었다.

물론 아무리 그래도 워낙 숫자가 많으니 역공은 불가능하다. 언데드 숫자만 1만에 가까우니까.

하지만 성채에서 방어전을 펼치며 버티는 것은 가능한 것이다.

이대로 버틸 수만 있으면, 그리하여 바탈록의 토벌대 원군이 도착하기만 하면 충분히 이긴다!

덕분에 본진에서 성채를 살펴보는 레오슬라프와 렐티아나의 표정은 썩 좋지 않았다.

성채 방어군을 보며 레오슬라프가 인상을 썼다.

"쟤들 왜 저리 세냐?"

그러더니 계속 몰려가는 교단의 언데드 군세를 보며 한숨을 쉰다.

"얘들은 왜 이리 약하고."

얼마 전까지 테스라낙의 사령 군단이 점령한 시대에서 온 그였다. 레오슬라프 입장에선 언데드 병력의 수준이 대폭 하향된 걸로밖에 안 느껴진다.

렐피아나가 혀를 찼다.

"어쩔 수 없지, 직접 나서는 수밖에."

20대의 여인이 30대 사내에게 하대를 하는 광경은 꽤나 어색했지만, 정작 둘은 전혀 신경 쓰지 않았다.

어차피 죽은 몸으로 100년쯤 살다 보면 사소한 나이 차이쯤은 아무 의미 없어진다. 존대건 하대건 그냥 습관일 뿐이다.

"벌써 우리가 나서도 되나?"

"임무 수행이 우선 아닌가?"

"그건 그렇군."

"당신까지 나설 필요는 없어, 레오슬라프. 나 혼자서도 충분해."

여인이 언데드 군세 사이로 걸어 나왔다. 근처의 사교도들이 그녀를 향해 허리를 숙이며 예를 표했다.

저 멀리 전투 중인 성채를 바라보며 렐피아나가 양손을 모은다.

"빛이여, 이 몸을 태워 당신의 권위를 드리우소서……."

그녀의 전신이 빛으로 휘감겼다.

눈부신 광채 속에서 신실한 목소리가 울렸다.

"……강신술, 검은 달."


제도스 백작령을 몰살시킨 렐피아나와 레오슬라프의 군세는 이후 레이븐우드 자작령까지 밀어붙이며 3만이 넘는 대규모 세력이 되었다.

사령술의 무서운 점이 이것이다.

보통 군대는 전투를 벌이면 벌일수록 병력이 줄어든다. 물론 포로를 붙잡아 화살받이로 쓰는 방식도 있긴 하지만, 그래도 보통은 저렇다.

그런데 사령술사들은 적을 죽이면 죽일수록 아군의 병력이 불어난다.

봉기를 일으킨 지 1주일 만에 두 타락 교황의 군대는 남부 도시 아스틀린을 점령하고 그 일대를 사교도의 세력권으로 바꾸고 있었다.

꧁꧂

검은 구름으로 뒤덮인 하늘.

사령술사들이 언데드 군세를 유지하기 위해 인위적으로 불러낸 사악한 암흑이다. 그 탓에 대낮임에도 불구하고 사방이 어둡다.

가혹한 전투로 무너진 무수한 가옥들, 불타 재투성이가 된 높은 탑들 사이로 좀비와 스켈레톤이 서서히 이동한다.

"으으으으……."

"으어어어……."

검은 신의 사교도에게 점령당한 아스틀린 시티는 실로 죽음으로 가득 찬 곳이었다.

사방에 인간의 피와 살점이 즐비하다. 거리 곳곳에 매달아 놓은 시체들이 그 끔찍함을 더한다.

제일 끔찍한 부분은 저 매달린 시체들조차 시간이 지나면 스스로 움직인다는 점이었다.

"으으으……."

사람들의 존경을 받던 기사들, 도시와 시민들을 지키던 병사들, 사람들의 마음을 달래 주고 올바른 길로 인도하던 여신의 신관들.

그들이 지금 움직이는 시체가 되어 거리를 거닐고 있다.

그야말로 현세에 강림한 생지옥 그 자체였다. 힘없는 시민들은 그저 공포에 떨며 머리를 조아릴 뿐이었다.

하지만 분위기와 달리 시민들은 그렇게까지 참혹한 꼴을 당하지 않았다. 의외로 검은 신의 교단은 일반 시민들에겐 가혹하게 굴지 않았던 것이다.

물론 저항한 이들이 비참한 결과를 맞이한 것은 사실이다. 검은 신의 교단은 자신들의 적에게 결코 관대하지 않다.

하지만 저들의 목표는 대부분 제국의 고위층에 국한되어 있었다.

제국 귀족들, 기사와 마법사, 여신의 신관.

이들에겐 결코 용서가 없다. 아무리 살려 달라 울고불고 애원해도 단칼에 베어 버린다. 그리고 비웃으며 말한다.

―살려 달라고?
―좋다, 테스라낙의 이름으로 되살려주마!

그렇게 언데드로 만들어 자신의 군세 안에 집어넣는 것이다.

반면 일반 시민들은 딱히 건드리지 않았다.

무슨 짓을 해도 용서한다는 소린 아니고, 저항하면 분명 벌을 내리긴 한다. 하지만 순순히 복종하면 의외로 내버려 두기도 했다.

게다가 처벌도 상식적인 수준이었다. 기존의 제국 귀족들에게 대들었다가 받는 처벌과 큰 차이가 없었다.

아니, 상황에 따라선 오히려 나은 부분도 있었다.

검은 신의 교단은 죽인 귀족과 마법사, 신관 들의 재산 일부를 시민들에게 베풀기까지 했으니까.

특히나 식료품 같은 것은 후할 정도로 베풀었다. 이유도 꽤 납득할 만한 것이었다.

언데드 군세는 밥을 먹지 않거든.

당장 하루 끼니를 걱정하던 극빈층에겐 오히려 사교도에게 점령된 이후 식탁 사정이 나아질 지경이었다.

더더욱 당혹스러운 부분은, 테스라낙에 대한 신앙을 강요하지조차 않았다는 점이었다.

도시가 함락되었을 때 시민들은 공포에 떨며 집에 있던 여신의 상징 등을 불태웠다. 7여신을 섬기던 자신들을 사교도들이 결코 용서치 않으리라 여겼다.

아니었다.


―어리석은 백성들이 그저 몰라서 거짓된 신을 섬기는 것이 무슨 잘못이겠는가? 오히려 뒤늦게 진리를 설파한 우리

의 잘못이 아닌가?

심지어 검은 신의 교단에 투신하려는 이들을 내치기까지
했다.

－어이가 없군.
－아무나 교단에 들어올 수 있을 줄 알았더냐?
－테스라낙님에 대한 깊은 믿음을 증명해도 허락받을 수
있을지 어떨지 모르거늘.

난세를 틈타 이 기회에 팔자를 바꿔 보려 했던 일부 건달
들은 당혹스럽기까지 했다.
사교도라면 응당 사악한 신앙을 강요하며 마약을 피우고
난교를 벌여야 하는 것 아닌가?

－엥? 마약?
－몸 망가지게 그딴 짓을 왜 해? 우리가 황혼교 그 사이비
들인 줄 아나.
－집에 가서 마누라나 챙겨라. 뭔 난교 같은 미친 소리를
하고 있어?

시체를 다룬다는 것만 제외하면 하는 말들은 또 은근히 상

식적이다.

이런 이유로, 아스틀린 시티는 생각보다 빠르게 안정화되었다. 시장도 다시 열렸고 물자도 오갔다.

거리에 언데드들이 오가는 판에 활기 따윈 찾아볼 수 없고, 필요한 일만 딱 처리한 뒤 얼른 집으로 돌아가 문 잠근 뒤 벌벌 떠는 생활의 연속이긴 하지만.

그렇게 사교도에 의해 점령된 아스틀린 시티의 어느 깊은 밤.

남쪽 성벽을 통해 한 무리의 일행이 몰래 도시 내로 잠입하고 있었다.

※

도시 서쪽, 전투 탓에 부서진 집들이 가득한 어느 주택가.

일곱 개의 그림자가 어둠을 틈타 거리를 가로지른다.

몰래 성벽을 넘어 잠입한 카르나크 일행이었다. 주위를 유심히 살피던 드렐이 비교적 멀쩡한 2층 가옥 하나를 골랐다.

"이 정도면 꽤 괜찮은 은신처가 될 것 같습니다."

사교도가 준동한 도시에서 여관이나 식당 등이 멀쩡하게 운영할 리가 없다.

아니, 그냥 외지인이 나타나기만 해도 의심받는다.

언데드가 득실거리는 도시를 제 발로 들어온 놈이라니?

누가 봐도 수상하지 않은가?

그래서 적당히 빈집을 골라 거처로 삼는 것이다.

워낙 많은 사람이 죽었고, 그만큼 빈집도 많이 생겼다. 부서진 집도 많지만 멀쩡한 집도 꽤 된다. 개중엔 일행 전원이 몸을 숨길 만큼 큰 집도 제법 있다.

평소라면 못 보던 외지인이 갑자기 나타날 경우 이웃의 의심을 사겠지만 지금은 괜찮다.

그 이웃도 다 죽었거든.

주위를 살피며 일행은 집 안으로 들어섰다. 어두운 내부를 살피며 라피셀과 밀리아가 중얼거렸다.

"너무 더럽다, 좀 치워야겠는데요?"

"그래도 임시로 숨어 지내기엔 괜찮아 보이네요."

혹여 누군가 이들의 존재를 알아채도 별문제 없을 것이다.

어차피 지금 아스틀린 시티의 빈집 중 비교적 멀쩡한 곳은 부랑자들이 차지하고 있었다. 남들이 봐도 그러려니 하겠지.

"그래도 혹시 모르니 방심은 하지 말아야지."

카르나크가 가볍게 손짓을 하며 집 곳곳을 가리켰다.

희미한 어둠이 흘러나와 가옥 전체를 감쌌다.

드렐이 인상을 썼다.

'저건?'

사령력이었다. 집 주위에 은밀한 사령 결계를 설치하고 있는 것이다.

권속이 된 지 얼마 안 된 그였다. 아무리 카르나크의 정체를 알고 있다 해도 이런 모습을 볼 때마다 흠칫거리지 않을 수 없었다.

반면 다른 이들은 태연했다.

익숙할 대로 익숙하니까.

그저 라피셀이 고개를 갸웃거릴 뿐이었다.

"사법의 대속자? 마법 결계를 펼치는 게 아닌가요?"

"아니지."

카르나크가 손가락을 저었다.

"사령술사들이 널린 곳에서는 마법이 오히려 눈에 더 잘 띄겠지?"

하지만 이렇게 사령술로 위장하면 감지하기 어렵다. 도시 전체에 어둠의 기운이 흐르고 언데드들이 싸돌아다니고 있으니까.

"나무를 숨기려면 숲에 숨기라는 거야."

"그렇군요!"

납득한 라피셀이 열심히 고개를 끄덕였다. 그 모습을 보며 드렐은 의아해했다.

'저게 사실은 사령술이 아니라고?'

실버 나이트의 경지에 오른 그였다.

아무리 요리 보고 조리 봐도 이거, 사령술이다.

[저거 정말 사법의 대속자입니까?]

드렐의 은밀한 전언에 레번이 코웃음을 쳤다.

[정말 사법의 대속자겠어요?]

밀리아도 당연하지 않냐며 고개를 끄덕인다. 둘 다 카르나크란 작자가 어떤 인간인지 이제 잘 아는 것이다.

그런데 의외의 대꾸가 나왔다.

[저건 사법의 대속자 맞는데요.]

세라티였다. 게다가 바로스도 동의하며 전언을 보냈다.

[세라티 경 말이 맞습니다. 저거 사령술 아니에요.]

드렐뿐 아니라 레번도 놀라 물었다.

[사령술이 아니라고요?]

[그걸 어떻게 구별한 겁니까?]

아무리 정신을 집중해 봐도 자신들은 사법의 대속자와 사령술의 차이를 감지할 수 없었다.

그런데 이 두 사람은 알아챘다고?

바로스야 예전에 최강 최악의 데스나이트 로드였으니 그럴 수 있다 치고, 세라티는 어떻게?

바로스가 피식 웃었다.

[당연히 저도 기운만 보고 구별은 못 하죠.]

어디까지나 카르나크의 표정을 보고 구별하는 것이었다. 100년 묵은 심복이었으니까.

[세라티 경도 마찬가지일걸요?]

세라티가 눈을 깜빡였다.

[아, 그러고 보니 표정도 다르긴 하네요?]

이번엔 바로스의 안색도 살짝 굳었다.

[잠깐만? 도련님의 표정을 보고 구별한 거 아니었어요?]

[그게, 그냥 보면 다른 점이 느껴지지 않나요?]

당황하며 그녀는 다른 이들을 바라보았다.

[저같이 둔한 사람한테도 보일 정도이니, 다들 당연히 알고 있는 줄 알았는데⋯⋯.]

신기해하며 바로스는 그녀를 빤히 보았다. 설마 세라티는 그조차도 감지 못하는 사법의 대속자와 사령술의 차이를 인지한단 말인가?

이 와중에도 카르나크는 바쁘게 움직이고 있었다.

청소고 뭐고 일단 뒤로 미루고, 벽난로로 다가가 장작을 집어넣고 불부터 피운다. 따스한 온기가 집 안 전체에 서서히 스며든다.

그러더니 모두에게 외치는 것이다.

"불피웠다! 오랜만에 뜨신 밥 먹자!"

⁂

카르나크 일행이 내내 도시락 싸 들고 다니는 이유는 간단하다.

일행 중 요리를 제대로 할 줄 아는 이가 없거든.

다들 사람만 썰 줄 알지 식료품을 썰어 본 경험은 별로 없다. 그나마 바로스가 통구이 계열에 강하긴 한데 이건 요리를 잘해서가 아니라 고기를 잘 다듬어서일 뿐이고.

이런 이유로, 간혹 불 피우고 음식을 할 일이 생기면 의외로 카르나크가 주도하고 있었다.

"채소 썰어 넣어, 채소."

숭덩숭덩.

"고기 썰어 넣어, 고기."

뭉텅뭉텅.

커다란 솥에 물 듬뿍 붓고 레번과 라피셀이 고깃덩이와 당근, 순무 등을 잘라 넣었다. 마침 버려진 솥이 집 안에 뒹굴고 있어 편하게 가져다 쓸 수 있었다.

그냥 이렇게만 해도 요리가 되나 싶겠지만 원래 스튜란 게 그렇다.

대충 이것저것 넣고 푹 끓이면 어지간해서 먹을 만한 것이 나온다. 어디까지나 간을 잘 맞췄을 경우의 이야기지만.

그런데 카르나크는 이 '간 맞추기'에 상당히 뛰어난 능력이 있는 것이다.

"소금이랑 향신료 적절하게 넣으면 되는 거잖아? 이거야 쉽지."

실체가 없는 영혼마저 정밀하게 계량하는 괴물이 실존하는 소금, 후추 계량쯤을 못 하겠나?

천하일미를 만들 수는 없지만 웬만한 음식을 먹을 만하게 바꾸는 데는 조예가 깊은 카르나크였다.

보글보글 스튜가 끓어 간다. 맛있는 냄새가 집 안을 가득 맴돈다.

오랜만에 맛보는 따듯한 저녁이었다. 다들 기대하며 식사를 기다렸다.

그래서 드렐은 황당해했다.

"사교도들을 해치울 계획부터 짜는 게 우선 아닙니까?"

그러자 일행이 한마음 한뜻으로 같은 답변을 했다.

"밥이 우선이죠."

"밥이요."

"따듯한 밥 중요해요."

혼란스럽다.

외눈박이 마을에 온 두 눈 달린 사람이 된 기분이 이럴까?

'내가 이상한 거냐? 그런 거야?'

그런 드렐을 보며 카르나크가 피식 웃었다.

"보통 저 소리 하는 사람들은, 자기가 외눈박이일지도 모른다고는 생각 안 하더라?"

어쨌거나 스튜는 맛있었다.

오랜만에 따듯한 음식을 먹어서인지 여행의 피로도 한결 풀리는 느낌이다.

그렇게 식사를 마친 후에야 드렐이 원하는 이야기가 오갔다.

모두를 향해 카르나크가 진지하게 입을 열었다.

"자, 일단 저쪽 애들 상황에 대해 정탐부터 해야겠지?"

현재 아스틀린 시티를 점령한 타락 교황들의 군세는 대략 3만 정도, 다만 저 3만이 전부 도시 내에 들어와 있는 것은 아니었다.

원래 군대란 건 숨만 쉬어도 막대한 유지비가 나가게 마련이다.

이는 병력 대부분이 언데드인 검은 신의 교단이라 해서 상황이 크게 다르지 않다. 사령술사들이 꾸준히 어둠의 권능을 유지시켜 주어야 한다.

하지만 살아 있는 인간 군대와 언데드 병력에는 결정적인 차이가 하나 있었다.

언데드는 스위치를 껐다 켰다 할 수 있거든.

대기 중인 병사에게도 꼬박꼬박 밥 챙겨 줘야 하는 인간 군대와 달리, 언데드 군대는 비활성화하면 시체 상태로 돌아간다. 시간이 지나면 시체도 결국 썩긴 하겠지만, 한동안은 전력이 유지되는 것이다.

그래서 검은 신의 군대는 2,000 정도의 병력만 도시 내에

상주시켜 필수 전력으로 삼고 나머지는 그냥 도시 밖에 세워 놓았다. 필요하면 그때 가서 재활성화해도 되니까.

타락 교황이며 교단의 사령술사 등 생육신을 지닌 이들은 도시 내의 귀족 저택들을 차지하고 요새화한 채 머무르는 중이었다.

지도를 펼치며 카르나크가 그 장소들을 짚었다.

"대충 여기서부터 여기까지다."

그가 직접 그린 지도였다.

원래 도시 지도 같은 물건은 보안 등을 이유로 일반인이 잘 팔지 않는다. 보통은 모험가 길드를 들러서 구매하곤 하는데, 지금 그 모험가 길드가 쑥대밭이 되지 않았나? 그러니 직접 그리는 수밖에 없다.

지도는 상당히 정교했다. 라피셸이 감탄을 흘렸다.

"의외로 그림을 잘 그리시네요, 카르나크 님?"

"내가 이런 건 꽤 하거든. 펜 다루는 건 자신 있어."

바로스가 옆에서 한 소리 던졌다.

"그만큼 몸 쓰는 건 지독하게 싫어하셨지만 말이죠."

"나 요새는 그래도 제법 운동 좀 하지 않았냐?"

"아, 그 점에 있어선 인정. 솔직히 예전 도련님에 비하면 진짜 많이 좋아지셨죠."

살짝 대화가 이해가 안 가 라피셸이 고개를 갸웃거렸다.

"그런가요? 제가 본 카르나크 님은 항상 운동 열심히 하시던데…….”

“하여튼!”

재빨리 카르나크가 화제를 돌렸다.

“여기까지가 지금 알아낸 정보들이다.”

타락 교황을 비롯한 사령술사들의 현재 위치와 언데드 군세의 배치.

이 정도는 그냥 멀리서 살펴보기만 해도 대강 파악할 수 있다. 그래서 도시 잠입하는 과정에서 원견의 마법을 사용해 이미 확인해 놓았다.

그러나 이 방식은 적진 내부 상황까진 알 수 없다는 한계가 있다.

“이다음부터는 직접 들어가서 파악해야지.”

적들의 내부 사정을 정찰하는 가장 흔한 방식은 마법사가 마력으로 만든 소환체, 패밀리어를 이용하는 것이다. 현재도 정쟁을 일삼는 귀족들 사이에선 자주 사용되는 방식이다.

그러나 지금 같은 상황에선 쓰긴 힘들다.

아무리 패밀리어를 은밀히 운용해도 희미한 마력의 흐름은 남게 마련이니까.

원견의 마법은 마력이 감지될 걱정을 할 필요가 없다. 어디까지나 멀리서 적을 살펴보는 수법이라 적들의 마력 감지 영역에서 벗어나니까.

하지만 몰래 침투해야 하는 패밀리어는 경우가 다르다.

평소라면 무심코 넘길 마력의 흐름도 지금 같은 전쟁 상태일 때는 민감하게 반응하는 것이다. 함부로 패밀리어를 보내 봐야 적들의 경각심만 일깨울 게 뻔하다.

그러니, 카르나크 일행이 직접 정체 숨기고 변장해서 잠입할 수밖에 없었다.

"킹스 오더의 주특기니까 별문제 없겠지?"

세라티가 중요한 문제점을 짚었다.

"그런데 우리, 정작 잠입 같은 건 해 본 거의 없지 않나요?"

워낙 카르나크가 사령술 관련으로 정통한 탓에 굳이 잠입하지 않아도 대부분의 임무가 깔끔하게 끝나 버렸었다.

밀리아도 한마디 했다.

"더구나 요샌 그런 임무조차도 한 지 오래되었고요."

카르나크가 자기 일 처리하겠다고 계속 밖으로 돌아다녔으니까.

그 와중에 또 월급은 꼬박꼬박 받아먹었으니 이쯤 되면 횡령이라고 해야 하지 않을까 싶다.

"전 제가 킹스 오더라는 자각도 별로 없어요."

"저도요."

이것이 레번과 라피셀의 입장.

심지어 드렐의 경우는 이렇다.

"……여러분, 킹스 오더였습니까?"

카르나크가 머쓱해했다.

"내가 말해 준 적이 없었나? 별로 중요한 이야기가 아니라서……."

사실 틀린 말은 아니다.

시공을 회귀하고, 죽음의 신을 상대하고, 황혼교를 창시하고, 아크 리치들을 부리고, 무왕과 대마법사를 상대하는 중인데, 킹스 오더였는지 아닌지 따위가 뭐 그리 중요하랴?

하여튼 킹스 오더인 건 맞지만 다들 잠입 임무엔 그리 조예가 없다. 사실 평소라면 그냥 다른 사람을 시켰을 것이다.

하지만 지금은 그런 상황이 아니니…….

"우리가 직접 해야지."

바로스가 눈을 흘겼다.

"우리라고 말씀하시긴 했는데, 결국 너희들끼리 해라, 이거죠?"

"당연하지, 평생 곱게 자란 귀족 도련님인 내가 안 들키고 하인 노릇 할 수 있을 것 같냐?"

그러자 스트라우스의 당대 가주께서 말씀하셨다.

"저희 집은 공작가인데요."

제국에서 열 손가락 안에 드는 대귀족의 후계자께서도 말씀을 이으셨다.

"저희 집은 후작가입니다만."

얼핏 이렇게도 들릴 수 있는 말이었다.

어딜 감히 남작가 따위가 혈통빨을 내세우느냐!

"너희들도 빠져, 그럼……."

<br>

─ ✻ ─

검은 신의 교단 주 전력인 언데드 병사들.

좀비, 스켈레톤, 구울 같은 하급 언데드는 딱히 관리가 필요 없다.

시체를 오래 유지하는 것보다, 망가질 때까지 쓰고 버린 뒤 새로운 시체로 바꾸는 게 훨씬 쉬우니까.

특히나 언데드를 사용하는 과정에서 다량의 시체가 나온다면 더더욱 그렇다.

하지만 모든 언데드들이 일회용인 것은 아니었다.

고위 언데드, 뱀파이어나 엘더 구울, 데몬 좀비 같은 지성을 유지하고 있는 이들은 교단 내에서도 귀한 인재로 대우받는다.

또한 이들은 생육신을 지닌 사령술사들처럼 인간다운 생활을 즐긴다. 종류와 방식이 좀 다를 뿐.

그런데 지금 검은 신의 교단은 아스틀린 시티를 함락시키고 귀족가 저택을 점령했다.

평소 숨어 검박하게 살던 이들에게 돈과 힘을 펼칠 장소가 마련되었다는 소리다.

그렇다면 다음 수순은?

당연히 평소 꿈도 못 꾸던 사치를 즐겨 보고 싶은 게 인지상정 아니겠는가?

"그런 이유로 여기저기서 일 시킬 하인, 하녀 들을 모집하고 있더라."

카르나크의 말에 드렐이 어이없어하며 물었다.

"신분도 확인 안 하고요?"

"응."

"혹시 함정 아닐까요? 첩자 들어오라고 판 깔아 주는 것도 아닐 텐데……."

"그러니까 그건 귀족들의 사고방식이고."

검은 신의 사교도들은 원래 핍박받던 평민들이 대다수였다.

"순박한 자들이 사악해졌다 해서, 갑자기 간교해지진 않지."

물론 레오슬라프나 렐피아나 같은 타락 교황들은 상황이 좀 다르다.

하지만 저들도 딱히 신경 쓰는 눈치는 아니었다.

"이곳을 확실하게 거점으로 만들 생각이라면 저렇게 하겠지만, 잠깐 머물고 다시 진군할 것 아냐? 그냥 인근 마을 사람들을 징집해서 일 시켜 먹는 거랑 똑같지."

"하긴, 군대에선 자주 있는 일이군요."

덕분에 파고들 틈이 생겼다.

바로스와 세라티, 라피셀이 하인으로 위장해 내부에 침투하기로 결정되었다. 밀리아는 몸 쓰는 직종이 아니니 아무래도 만일의 경우 빠져나오기 힘들 터였다.

그리고 드렐과 레번은 카르나크와 마찬가지로 곱게 자란 귀족가 도련님.

세라티와 바로스가 투덜댔다.

"귀하신 혈통들은 하인 노릇 같은 것 못하겠으니 천한 것들끼리 갔다 와라 이건가요?"

"와, 서럽네."

카르나크가 혀를 차며 등을 떠밀었다.

"우리라고 놀고 있을 건 아니거든! 잔말 말고 정탐이나 잘하고 와."

❋

계획대로 바로스와 세라티, 라피셀은 검은 신의 교단이 점령 중인 저택에 고용되었다.

별로 어렵지도 않았다. 그냥 찾아가서 한마디 하면 끝이었다.

─하인 구하신다면서요?

정말 이들은 하인, 하녀 들의 정체에 별 관심이 없어 보였다.

일만 잘하면 전혀 신경 쓰지 않았다.

그리고 바로스는 원래부터 귀족 도련님을 모시던 하인 출신이었다.

물론 백 년 전의 이야기이긴 한데, 회귀 후 한동안 제스트라드 남작가에서 다시 하인 일을 했으니 몸놀림이 노련하기 그지없다.

귀족도 아닌 주제에 이제 막 저택 차지한 사교도들에 비하면 오히려 바로스 쪽이 저택이란 장소에 더 익숙한 것이다.

"토마스 군이라 했던가?"

"자네 정말 일 잘하는군."

"예전에도 귀족들을 모시고 있었나 보지?"

"하루 이틀 일한 솜씨가 아닌데."

라피셀도 티 나지 않게 잘 해냈다. 카르나크에게 거두어진 직후, 한동안 실제로 하녀 일을 꽤 해 왔으니까.

반면 상당히 티가 나는 이도 있었다.

"앨리스 양이라고 했지?"

"너무 예쁘게 생겼는데."

세라티는 미모가 과했다.

게다가 오러 유저답게 신체 전반이 활성화되어 있어 몸매가 탄탄하고 피부도 매끈하다. 아무리 허름한 하녀복을 입고 있어도 튀지 않을 수 없다.

특히 여성 사령술사들이나 뱀파이어들이 그녀를 보며 신기해했다.

"솔직히 말해 봐요, 당신, 원래 귀족이지?"

"평민인데요."

"평민이 어떻게 그렇게 예뻐요?"

"타고났는데요."

"와, 재수 없어."

"……."

다행히 다들 그녀를 신기해하긴 해도 딱히 의심하진 않았다.

이유가 좀 웃긴 것이, 이 저택의 원래 주인인 귀족들을 학살해 본 경험이 있기 때문이었다.

"하긴 귀족가 영애들이라고 전부 예쁜 건 아니니까."

"그러게, 백분 지우니까 피부 거칠더라."

"죽여 놓고 보니까 뱃살도 많던데?"

"그 잘록한 허리가 죄다 코르셋빨이었단 소리지."

"그래도 기름져서 맛은 좋더라."

살벌한 소릴 참 태연하게도 하는 사교도 여인들이었다.

계속 눈치를 보며 세라티는 저택 안쪽을 힐끔거렸다.

'빨리 정탐 마치고 빠져나가야 할 텐데.'

바로스와 세라티, 라피셀이 검은 신의 교단 내부로 침투한 지 사흘째.

오늘도 열심히 저택 청소 중인 세라티의 눈에, 침실에 모여 앉은 여인들의 모습이 비쳤다.

죽음을 지배하는 사악한 사령술사와 인육을 탐하는 엘더 구울, 피에 미친 뱀파이어 들이었다.

하지만 정작 그녀들이 지금 보이는 모습은 평범한 인간 여인들과 크게 다르지 않았다.

정확히는, 어떤 부분에선 엄청나게 다른데 어떤 부분에선 또 비슷하다.

"어머! 이 드레스 봐!"

"반짝반짝한다, 얘."

"세상에, 촉감 고운 거 봐."

자신들 손으로 죽인(심지어 일부는 먹기까지 한) 귀족 영애들의 파티용 드레스들을 꺼내 사방에 늘어놓고, 하나하나 몸에 맞춰 가며 들뜬 눈빛으로 서로에게 권한다.

"입어 봐, 입어 봐."

"그래."

어차피 세라티를 포함해 주위에 여성들밖에 없었다. 입고 있던 검은 로브를 훌렁 벗어 던지고 속옷 차림으로 마음에

드는 드레스들을 골랐다.

그리고 당황했다.

"이, 이거 어떻게 입지?"

"왜 끈이 등 뒤에 달려 있어?"

"이러면 어떻게 묶지? 귀족들은 팔이 긴가?"

귀족가 영애는 자기 손으로 드레스를 입지 않는다는 상식을 모르는 이들다운 반응이었다.

보다 못해 세라티가 도왔다.

"제가 해 드릴게요."

코르셋 꽉꽉 당겨 주니 여기저기서 비명이 터져 나왔다.

"컥!"

"이렇게까지 해야 하는 거야?"

"와, 귀족들도 사는 건 만만찮구나."

그래도 옷이 날개라고 입혀 놓으니 꽤 그럴싸해 보였다.

아무리 어둠과 죽음을 숭배하는 사령술사, 이미 죽은 몸인 언데드 괴물들이라도 말이지.

여인들이 치맛자락을 흔들며 소녀들처럼 신바람을 냈다.

"예쁘다."

"살아 있을 땐 구경도 못 해 본 걸 죽어서 입어 보네."

"이게 다 테스라낙 님의 은혜 아니겠어?"

소녀라기에 어째 오가는 대화가 섬뜩하긴 했지만.

그렇게 한참 드레스를 입고 춤추듯 침실 여기저기를 빙빙 돌더니, 갑자기 여인들이 겁먹은 표정을 지었다.

"입어 봤으니까 도로 벗자."

"그러자."

"이렇게 예쁜 옷, 더러워지면 안 되지."

드레스를 훌랑 벗고 원래 입고 있던 검은 로브를 슥슥 걸친다. 아무리 사악한 사교도라 해도 타고난 서민 근성은 어쩔 수 없는 모양이었다.

세라티도 어느 정도 공감이 가기에 쓴웃음을 지었다.

'하긴, 저게 얼마짜리인데.'

그러다 무심코 먼지떨이를 잘못 휘둘러 도자기 하나를 쳐 버렸다.

차라리 땅에 떨어졌으면 오러 유저다운 반사신경으로 잡아 내기라도 했을 텐데, 그대로 그냥 벽에 부딪히며 깨져 버린다.

쨍그랑!

'아차!'

당황한 그녀가 허겁지겁 무릎을 꿇고 파편을 주우며 고개를 숙였다.

"죄송합니다! 곧바로 치울게요!"

사교도 여인들은 딱히 화내지 않았다.

그저 혀를 찰 뿐.

"또 깼니?"

이전에도 이런 실수 많이 했던 것이다.

아무리 평민 출신이라곤 해도 10대 때부터 이미 검의 길만을 걸어온 세라티였다. 그런 그녀가 이런 허드렛일에 익숙할리 없지 않은가?

오죽하면 답답해진 사교도 여인들이 대신 나설 지경이었다.

"아이, 참."

"대리석은 그렇게 닦는 거 아니라니까?"

"요령이 없어요, 요령이."

사령술사가 테이블 닦고, 엘더 구울이 바닥을 훔치고, 뱀파이어가 천장의 먼지를 털기 시작했다.

정말이지, 다들 뼛속까지 서민이다.

세라티가 조심스레 저들을 말렸다.

"제가 하겠습니다, 하녀의 일이잖아요."

이러다 필요 없다는 판단이 들면 해고될지도 모르거든.

"어머, 그러게?"

걸레를 짜고 있던 엘더 구울녀가 그제야 정신이 든 듯 눈을 깜빡였다.

"습관이 되어서……."

다들 도로 귀족가 영애처럼 우아하게 테이블 주위에 앉는다.

"……그런데, 귀족들은 대체 평소에 뭐 하고 산대니?"

"요리도 안 하고, 빨래도 안 하고, 청소도 안 하면……."

"그냥 하루 종일 숨만 쉬나?"

"우아한 티타임을 즐길지도!"

"하루 종일 케이크만 먹는다고? 어우, 혓바늘 돋겠다."

"어차피 우린 이제 케이크 못 먹잖아. 언데드 됐는데."

사령술 수련 등은 해가 지면 하는 쪽이 효과가 높다 보니 다들 지금은 할 일이 없었다.

맹렬하게 심심해하는 저들을 보며 세라티는 묘한 표정을 지었다.

'저렇게만 보면 그냥 평범한 여인들인데…….'

실제로도 원래는 그냥 평범한 여인들이었다. 어둠의 힘을 접하기 전에는.

하지만 지금은 하나하나가 강력한 힘을 지닌 괴물들이며, 이미 수많은 피를 손에 묻힌 살인마들.

이곳에 온 이유를 떠올려 보면 저들이 세라티의 적이 되는 것은 정해진 운명이다.

어쩐지 우울해져 그녀는 몰래 한숨을 내쉬었다.

※

바로스와 세라티, 라피셀은 검은 신의 교단이 점거한 저택에 하인으로 고용되었다. 하지만 모두가 한 장소에 침투한 것은 아니었다.

현재 사교단의 수뇌부는 도시 각지의 저택 세 채에 나뉘어 머무르고 있었으니까.

아스틀린 중앙 관청과 도시를 실질 지배하던 드멘탈 백작가, 그리고 비록 귀족은 아니지만 영향력이 컸던 타르겔 상단의 본가가 그곳이다.

그래서 바로스 일행도 각 저택마다 나뉘어서 잠입해 상황을 탐색 중이었다.

사실 사교도 입장에선 방어를 생각해 전원 중앙 관청에 밀집해 있는 쪽이 가장 현명한 판단일 것이다.

하지만 저들도 어쩔 수 없이 사람인지라(죽었건 살았건 간에), 기회 왔을 때 좀 편하게 지내고 싶다는 욕망을 참아 내지 못한 것이다.

저렇게 한다 해서 크게 불리할 것이 없다는 점도 한몫했다.

이미 점령 끝난 도시였다. 사교도 수뇌부 대부분이 강력한 권능의 소유자들이기도 했다.

그런데 있을지 없을지도 모를 적습에 대비해서, 딱딱한 관청 맨바닥에 모포 깔고 자며 내내 사주 경계를 한다?

오히려 이쪽이 전력을 더 갉아먹게 마련이다. 계속 긴장만 하다 보면 어느 순간 툭 끊어지게 마련이니까.

게다가 아예 경계에서 손 놓았다는 소리도 아니다.

저택 주위에 온갖 사령 결계가 깔려 있었고, 하급 언데드 들도 여기저기 배치해 필요한 만큼의 대비는 충분히 해 놓 았다.

목표인 타락 교황 레오슬라프와 렐피아나는 중앙 관청에 머무르고 있었다. 그리고 가장 노련한 바로스가 중앙 관청에 침투한 건 우연이 아니었다.

카르나크는 저 둘을 익히 알고 있었으니까.

"둘 다 사치를 즐기는 성격도 아닌데 부하들 생각해서 저 렇게 거점을 잡은 것일 테니, 본인들은 가장 일하기 편한 장 소에 있겠지."

그렇게 바로스와 세라티, 라피셀은 열심히 시종 노릇 하며 상황을 탐색했다. 전체적인 병력 배치며 타락 교황들의 숙소 위치며 경계 상황 등도 어느 정도 파악해 냈다.

그동안 밖에 숨어 있던 카르나크 일행도 놀고만 있진 않았 다.

⁕

적진에 잠입하지 않은 이들에게도 중요한 임무가 있다.

바로 도시 전역의 지리와 병력 배치를 파악하는 일이다.

현재 사교단의 언데드 군세 대부분은 시체 상태로 도시 외 곽에 대기하고 있었다.

뭐, 말이 좋아 대기이지 누가 보면 그냥 내다 버린 시체가 산을 이루고 있는 것으로밖에 안 보이겠지만.

그리고 도시 내에도 순찰과 치안 유지 등을 이유로 수천에 달하는 언데드 군세가 남아 있다.

이것까지 전부 확인해야 비로소 놈들의 전력을 파악했다 할 수 있는 것이다.

여기에 아스틀린 시티의 전체적인 내부 지리도 외워 놓아야 한다.

제덱스의 예도 있듯, 타락 교황들과 전투를 벌일 경우 시가전이 될 가능성이 가장 크다.

몸을 피할 골목이나 건물 등의 존재를 미리 파악하고 못하고는 생각보다 승률에 큰 영향을 끼친다.

그래서 카르나크와 레번, 드렐과 밀리아는 얼굴을 가린 채 아스틀린 시티 곳곳을 돌아다니며 도시 전체를 파악하는 데 힘썼다.

반나절도 안 걸렸지만.

시체의 산만 보고 저게 얼마나 강력한 언데드 군대로 돌변할지 파악해라?

보통은 말도 안 되는 요구다.

하지만 카르나크에겐 일상이나 다름없지.

성벽에 올라가 도시 밖을 한 번 슥 본 것만으로 바로 숫자를 산출해 냈다.

"좀비 5,000. 구울 1만. 스켈레톤 1만. 그 외 잡다하게 2,000쯤 더 있네. 오차 범위는 100 남짓이려나."

도저히 이해가 안 가 밀리아가 물었다.

"그걸 어떻게 보자마자 알 수 있어요? 설마 저 숫자를 전부 다 센 거예요?"

"그럴 리가 있냐?"

원래 군대는 뭉텅이로 파악해야지 일일이 하나하나 세는 게 아니다.

"그리고 같은 시체라고 해도 어떤 언데드로 변화했냐에 따라 흘러나오는 사기와 탁기가 조금씩 다르거든. 내 눈엔 저게 다 다른 색깔의 덩어리로 보인다고 하면 좀 이해가 갈까?"

"아뇨, 안 가요."

"안 가면 말고."

드렐과 레번은 도시의 지리를 파악하는 임무를 맡았다.

단순히 2차원적인 지도를 보고 외우는 단순한 임무가 아니다. 각 건물의 위치와 높이, 탑과 수로 등이 복잡하게 얽힌 3차원적인 입체 공간을 전부 파악해야 한다.

평범한 인간이라면 며칠씩 도시 곳곳을 돌아다녀도 눈에 익히기 힘든 일이었다.

하지만 저 미친 재능의 소유자들에겐 달랐다.

"외웠습니다."

"저도요."

둘 다 카르나크랑 하는 짓이 똑같았다. 그냥 동네 한 번 슥 보더니 다 외워 댄다.

도저히 믿을 수가 없어 밀리아가 지도를 펼치고 일일이 확인도 했는데, 하나 틀리는 법이 없다.

"어떻게 그걸 한 번만 보고 외울 수 있어요?"

드렐과 레번이 서로를 보며 눈을 깜빡였다.

"어떻게냐니……."

"그냥 보면 외워지지 않나?"

"혹시 완전 기억 능력 같은 건가요?"

손사래를 치며 레번이 헛웃음을 흘렸다.

"에이, 그럴 리가 있나?"

사실 레번이나 드렐이라고 기억력이 보통 사람들보다 엄청나게 좋은 건 아니다. 보통은 기억할 거 기억하고 까먹을 거 까먹고 그런다.

"이건 책 같은 게 아니라 그냥 눈앞에 펼쳐진 공간 그 자체잖아. 그럼 외울 수 있지."

드렐도 당연하다는 듯 고개 끄덕끄덕.

"나도 서류 같은 건 잘 외우는 편이 아니다. 하지만 공간 감각을 잡는 건 다른 문제지."

"그러니까, 체스 시합 같은 거 순서 외우는 거랑 비슷하다고 해야 하나? 그냥 아무렇게나 말 늘어놓으면 당연히 못 외워. 하지만 체스 시합의 결과는 흐름을 아니까 외울 수 있잖아? 그런 느낌이야."

둘의 설명에 밀리아가 이해한 듯 고개를 끄덕였다.

'아, 그런 거구나.'

저들의 말을 이해했다는 소리가 아니라, 어째서 저딴 소리를 하는지를 이해했다.

'둘 다 미래에 무왕이 될 인간들이지.'

미래의 사령왕이니 시공 회귀니 하는 이야기를 전부 이해한 것은 아니다.

하지만 그런 걸 제쳐 놓고 봐도, 한쪽은 반드시 무왕을 배출하는 스트라우스 가문의 후계자이고, 다른 한쪽은 이미 무왕 찍었다가 과거로 돌아간 사람이다.

'어쩌다 내가 이런 사람들 사이에 끼어 있게 된 거지?'

어쨌든 그렇게 카르나크 쪽 임무는 금방 끝났다.

그럼 남은 것은?

잠입한 일행을 기다리며 집에 콕 처박혀 있어야지.

"얼마나 더 기다려야 합니까?"

드렐의 질문에 카르나크가 창밖, 정확히는 성벽 너머를 힐끔거렸다.

"말했잖아? 기회 봐서 맛깔나게 뒤통수 후려갈기겠다고."

그 기회가 올 때까진 계속 기다려야 한다.

"오래 걸리진 않을 거다. 대강 소식은 들었으니까."

바로스 일행이 적진에 잠입한 지 닷새째.

아스틀린 시티 외곽에 한 무리의 군대가 모습을 드러냈다. 제도에서 보낸 5,000의 토벌대와 인근 제국군이 합쳐 거의 1만에 달하는 대군이었다.

두 타락 교황의 사교단 역시 빠르게 대비했다.

시체였던 언데드들을 모조리 일으켜 세우고 성벽 곳곳에 병력을 배치해 전투를 준비한다.

그 모습을 몰래 지켜보며 카르나크는 싱글벙글 웃었다.

"기회가 왔다, 뒤통수치러 가자."

# 통수는 계획적으로

뒤통수는 언제 맞는 게 제일 아플까?

당연히 가장 신뢰하고 있는 이에게 맞았을 때 제일 쓰라리다.

하지만 이는 카르나크가 택할 수 없는 방법이었다.

검은 신의 사교단이 신뢰할 만한 첩자를 내부에 침투시키려면 족히 몇 년에 걸친 작업이 필요하다. 그렇게까지 공을 들일 생각도, 여력도 없다.

그렇다면 차선책은?

전혀 예상치 못한 상황일 때다.

엄밀히 말하면 첫 번째 조건과 일맥상통한다. 신뢰하는 이이기에 뒤통수 맞을 거라 예상도 못 하는 것이니까.

이 또한 현 상황에선 조금 맞지 않는다.

검은 신의 사교단이 아스틀린 시티를 점령한 뒤 많이 풀어진 것은 사실이다. 하지만 그렇다 해도 기본적인 방어 태세는 전부 갖추고 있다.

대비가 되어 있는 적들은 설령 예상 못 한 상황에서 타격을 받는다고 해도 쉽게 쓰러지지 않는 법이다.

그래서 카르나크는 이 기회만을 노렸다.

1만의 토벌대 군세가 도시 밖에 진을 친, 사교도들의 시선이 모조리 바깥으로 향해진 이때를.

"아무리 예상하고 있어도, 한눈팔다 맞으면 한 방에 훅 가거든."

달빛이 희미하게 비추는 아스틀린 시티의 밤거리.

카르나크 일행은 심야의 대로를 조심스럽게 걷고 있었다.

평소라면 골목 등 사람들의 시선이 미치지 않는 쪽을 선택했을 것이다. 하지만 지금은 굳이 그럴 필요가 없었다.

밤마다 언데드들이 순찰을 빙자해 도시 곳곳을 누비는데, 누가 감히 집 밖에 나오는 무모한 짓을 저지를까?

발소리만 조심하면 대로를 걸어도 어차피 들키지 않는 것이다.

그 대신 곳곳에서 언데드들과 조우하게 되었지만, 역시나 아무 문제 없었다.

좀비와 스켈레톤이 기이한 신음을 흘리며 일행에게 다가온다.

"으으으......"

다가오는 언데드들을 보며 드렐이 긴장해 허리로 손을 가져갔다.

반면 카르나크와 레번, 밀리아는 태연하게 언데드 옆으로 슥슥 걸어가는 중.

다가온 언데드들이 그대로 일행을 지나쳐 가던 길을 마저 가기 시작했다.

"으으으......"

멀어지는 좀비 무리의 등을 보며 드렐이 고개를 저었다.

"머리로는 알고 있지만, 역시 적응이 안 되는군."

현재 카르나크 일행에게는 언데드의 감각을 속이는 혼돈 마법, 사법의 기만자가 걸려 있었다. 산 자와 마주치지 않는 이상은 절대 들키지 않는다.

허겁지겁 카르나크를 따라잡으며 드렐이 작게 물었다.

"그런데 굳이 전투 전야를 택할 필요가 있는 겁니까?"

상대의 빈틈을 노릴 것이면, 차라리 토벌대와 사교단이 전투를 벌여 혼란스러운 틈을 타 우두머리를 치는 쪽이 효과적일 것 같았다.

"그것도 나쁜 선택지는 아니지."

카르나크가 고개를 끄덕였다.

"하지만 내 입장에선 현시점인 전투 직전이 제일 나아."

토벌대가 도시 앞에 진을 치고 있으니 사교단도 그에 맞춰 병력을 배치했다. 그리고 이어질 전투에 대비해 토벌대의 움직임을 예의 주시하고 있다.

저 상황에서 갑자기 도시 내부에 난리가 터졌다?

"양동 작전으로밖에 안 보이겠지?"

이런 의심스러운 상황에서 함부로 성벽에 배치한 병력을 움직일 순 없다.

토벌대가 도시 밖에 진을 치고 있는 것만으로도 카르나크 일행이 포위당할 위험성은 크게 줄어든다.

"게다가 도시 안쪽에 머물던 전력도 대거 성벽 쪽으로 빠져나갔고."

외부에 신경을 쓰는 만큼 수뇌부 쪽 방어 태세는 약해졌다.

하지만 정말 전투가 벌어지면 타락 교황이나 남은 사교도들도 마저 성벽 쪽 전장으로 향할 것이다.

이 경우 오히려 목표물이 군대 한복판에 자리 잡게 되니 골치 아파진다.

"그런 겁니까?"

설명을 들은 드렐이 애매한 표정을 지었다.

일견 나쁜 전술은 아닌 것 같지만, 군사학도 터득한 그가 보기엔 최선이 아닌 차선으로 느껴진다.

"저라면 굳이 먼저 행동할 것이 아니라 그냥 토벌대와 합류했을 겁니다."

물론 카르나크 일행 대부분이 7왕국인인 만큼 제국군이 이들을 곧이곧대로 아군으로 삼지 않을 가능성도 있지만……

"설령 손을 잡지 않는다 해도, 토벌대가 전투를 시작한 뒤의 혼란을 노리는 쪽이 더 승률이 높을 텐데요."

의외로 카르나크도 의견 자체는 수긍했다.

"그건 그래, 일반적인 경우라면 드렐, 자네 말이 맞지."

"그럼 대체 왜?"

"내가 남들 앞에서 떳떳하게 쓸 수 없는 수법이 좀 많아서 말이지."

"……아."

바로 납득이 갔다.

'맞다, 카르나크 님은 원래 사령술사라고 하셨지?'

지은 죄가 많을수록 행보도 은밀해지는 법.

되도록 사령술은 멀리하고 혼돈 마력만으로 처리할 생각이긴 하지만, 그래도 세상일은 모르는 것 아닌가?

혹시나 목숨 위태로워지면 어둠의 힘이라도 펑펑 써야 한다.

"레오슬라프랑 렐피아나 잡고 나서도 사실 남들에게 보여 줄 짓은 못 하고."

두 사람의 영혼을 붙잡아 감금해야 하는데, 이것도 상당히 강력한 사령술이다.

"그러니 토벌대와 함께 움직이는 건 좋은 선택이 아니지."

반면 현 아스틀린 시티에는 제국의 기사나 마법사, 특히 7 여신교의 신관은 씨가 말랐다. 검은 신의 사교도들이 모조리 숙청해 버렸으니까.

사령술을 펑펑 써도 저게 카르나크 짓인지 사교도들 짓인 지 구별할 안목을 지닌 이가 남아 있지 않단 소리다.

"네, 이해했습니다."

이해한 드렐이 다시 걸음을 바삐 놀렸다.

그렇게 먼저 라피셀이 침투해 있는 드멘탈 백작가 저택으로 향했다. 그리고 약속된 장소에서 그녀를 기다렸다.

반나절 전, 저택으로 들어가는 물자를 통해 은밀하게 라피셀만 알아보는 암호를 전했다. 제대로 확인했다면 지금쯤 빠져나올 것이다.

정원 사방에 깔린 사령 결계와 언데드들을 살피며 드렐이 걱정스러운 표정을 지었다.

"걸리지 않고 무사히 나올 수 있을까요?"

그리고 또 의외의 반응에 당황했다.

"걸리다니요?"

"라피셀이?"

"에이, 그럴 리가 없잖아요."

역시나 드렐의 입장에선 이해가 안 간다.

아무리 그녀가 미래의 무왕이라지만 지금은 퍼플 나이트, 심지어 어린아이이기까지 한데 저렇게나 마음을 놓고 있다니?

'진짜 적응 안 되네, 이 사람들.'

과연 라피셀은 모두의 신뢰를 저버리지 않았다.

모든 사령 결계와 언데드를 오직 기감만으로 파악해 무사히 빠져나오며 일행과 합류한다.

"오래 기다리셨어요?"

"우리도 금방 왔어."

"다행이다. 여기, 적들의 병력 배치도예요."

라피셀이 그간 모은 정보 수첩을 받아 든 뒤 이번엔 세라티가 잠입한 타르겔 상단 본가로 향했다.

그녀는 이미 약속 장소에 나와 있었다.

"무사했구나, 라피셀!"

"네, 언니."

합류하는 세라티를 보며 드렐은 다시 한번 혀를 내둘렀다.

"용케 안 걸렸군요?"

블루 나이트의 감각으로 저 사령 결계들을 전부 파악할 수 있을 리 없다.

대체 무슨 짓을 한 걸까?

별것도 아니란 듯 세라티가 어깨를 으쓱였다.

"그냥 보면 빈틈이 보이는데, 아무리 제가 둔해도 그걸 못 빠져나오진 않죠."

레번이 고개를 저었다.

"그러니까, 우린 그게 안 보인다고요."

신기하다 못해 좀 걱정되기까지 한다. 정말 저게 자연스러운 현상인 걸까?

[괜찮은 겁니까, 카르나크 님?]

[몰라, 나도 좀 신기하긴 하네. 나중에 시간 나면 연구해 봐야겠다.]

참고로 이 비밀 전언은 세라티도 들을 수 있다.

[……그 말을 들으니 저도 걱정이 되기 시작하네요.]

그동안 카르나크와 다니며 워낙 괴상한 일을 많이 당해서, 이제까진 별생각이 없었던 그녀였다.

하여튼 세라티도 무사히 합류했으니 이제 바로스가 잠입해 있는 중앙 관청으로 향할 차례.

걸음을 옮기다 말고 세라티가 문득 카르나크에게 물었다.

"플로케는요?"

"그냥 집에 놔두고 왔는데?"

이제부터 대규모로 사고 치러 가는데. 새끼 드래곤을 데리고 갈 순 없다.

"괜찮으려나, 우리 플로케……."

"아무리 새끼라도 명색이 드래곤인데 설마 별일 있겠어?"

"말이야 맞는 말씀인데……."

걱정이 된 세라티가 인상을 썼다.

'카르나크 님이 그런 식으로 말하면 꼭 별일이 터지니까 그렇죠.'

⚜

바로스는 중앙 관청을 빠져나오지 않았다.

목표물인 레오슬라프와 렐피아나가 안에 있는데 굳이 빠져나올 이유가 없잖아?

대신 내부에서 카르나크 일행을 맞이했다.

"들어오쇼."

뭐, 내부라고는 해도 관청 뒤뜰까지 나와서 몰래 뒷문 열어 준 것이니 빠져나온 것이나 다름없긴 하다.

주위를 살피며 카르나크 일행이 안으로 들어섰다.

사방은 조용했다. 사교도들이 관청을 크게 둘러 사령 결계를 설치해 놓았음에도 반응이 전혀 없었다.

바로스가 미리 마비시켜 놓은 덕이었다.

아무리 사법의 기만자가 굉장한 효능을 지니고 있어도 결계까지 속일 순 없다. 하지만 내부인일 경우 결계가 공격

대상에서 제외하니, 중요 지점에 칼을 푹푹 쑤시기만 하면 된다.

드렐 눈엔 여전히 신기하기 짝이 없는 짓이었다.

아니, 어디가 중요 지점인 줄 알고 저렇게 쉽게 찌른대?

[원래 사령 결계란 게 이렇게 마비시키기 쉬운 겁니까?]

으스대며 바로스가 대꾸했다.

[나니까 되는 겁니다, 나니까.]

카르나크가 옆에 있어서 상대적으로 무식해 보이는 것이지, 바로스도 사령술에 관해선 세상 그 누구보다 통달한 인간이다.

본인이 직접 펼치지 못할 뿐이지 구경은 정말 질리도록 많이 했다.

[그렇군요.]

드렐은 고개를 끄덕였다.

슬슬 카르나크 일행에 대해 이해가 가는 것 같았다.

'그냥 그러려니 해야겠군.'

하여튼 이걸로 내부까지는 쉽게 잠입했다.

"이제 레오슬라프랑 렐피아나를 찾아가야지."

카르나크의 말에 바로스가 속삭이듯 대꾸했다.

"걔들 위치까진 파악 못 했습니다. 1층 이상은 들여보내 주질 않더라고요."

다른 저택들과 달리 중앙 관청의 경계는 상당히 엄중했다.

암살이 두려워 일부러 신경 쓴 건 아닌 듯했다. 그랬다면 애초에 외부에서 하인을 고용하지도 않았을 것이다.

　순박한 평민들이었다가 사교도가 된 이들과 달리, 두 타락 교황은 미래에서 온 이들이다.

　기본적으로 쌓아 온 경험이 있으니 그냥 습관적으로 경계 원칙을 철저히 지킨다.

　"2층부터는 직접 올라가 봐야 알 것 같은데요."

　바로스의 말에 레번이 눈을 빛냈다.

　"되도록 조용히 움직이며 사교도들부터 확보해야겠군요."

　그 후에 붙잡은 놈들을 '설득'해서 타락 교황들의 위치를 불게 하면 될 터!

　카르나크가 고개를 저었다.

　"평소라며 그렇게 하겠지만."

　그리고 관청 건물 바깥의 2, 3층 창문을 가리켰다.

　"지금은 그럴 필요가 없지."

　시선을 옮긴 레번의 표정이 묘하게 변했다.

　"……어, 그렇네요?"

<br>

　촛불이 흔들리는 중앙 관청 2층의 작은 사무실.

　원래는 시장의 집무실이었던 이곳은 현재 레오슬라프가

쓰고 있었다.

"좋아, 놈들의 전력에 맞춰 이쪽도 병력을 배치했으
니……."

토벌대가 이 깊은 밤중에 공세를 가할 가능성은 거의 없
다.

산 자의 군대가 언데드와 사령술사를 상대로 굳이 해 진
뒤 싸우는 건 스스로의 유리함을 내버리는 짓이다.

"내일 아침이 결전의 때가 되겠군."

그렇게 혼잣말을 중얼거릴 때였다.

갑자기 등 뒤에서 폭발이 일어났다!

콰아아아앙!

'뭐, 뭐야?'

채 뒤를 돌아볼 틈도 없었다. 부서진 벽 너머로 한 자루 은
빛 칼날이 날아들어 레오슬라프의 가슴팍에 틀어박혔다.

"크어어억!"

<hr />

피를 토하며 레오슬라프는 바닥을 굴렀다. 그리고 허겁지
겁 실드부터 전개했다.

부우웅!

신성한 방어막이 펼쳐지며 가슴께에 박힌 장검이 도로 뽑

혔다. 하지만 기습에 성공했음에도 적의 공세는 끊이지 않았다.

곧바로 세 줄기 섬광 마법이 날아들어 실드를 강타한다.

콰콰콰쾅!

독한 놈들이었다.

가슴에 장검을 박아 넣었으면 보통은 끝났다고 생각하기 마련이다. 그런데 전혀 방심하지 않고 계속해 공세를 가한다.

확실하게 죽여 버리겠다는 노골적인 살의였다.

방어막을 유지하며 레오슬라프는 이를 악물었다.

"크윽!"

그렇게 섬광 마법까지 간신히 막아 냈더니, 이번엔 자색의 오러가 길게 뻗어 와 자신을 노린다.

'젠장!'

너덜너덜해진 방어막으로 퍼플 나이트의 투기를 감당하는 건 어림없는 소리다. 어떻게든 다른 수를 써야 한다.

레오슬라프가 품속에 손을 집어넣었다. 육각면체가 손가락 끝에 걸렸다.

'용서하소서, 테스라낙이시여!'

역시공 초월체가 방대한 힘을 뿜어냈다. 그를 감싸고 있던 방어막 역시 거대한 권능으로 어둠의 빛을 발했다.

파아아앗!

그렇게 완전히 몸을 지키고 나서야 레오슬라프는 안도의 한숨을 쉬었다.

일단 당장 살아남는 것에는 성공했다.

그 대가가 너무 크긴 했지만.

'여기서 이걸 써 버리면 안 되는데…….'

하지만 달리 선택지가 없었다. 정말 죽을 뻔했으니까.

아니, 신체 일부는 실제로 죽었다.

가슴 언저리가 사령력에 잠식되어 언데드화하는 것이 느껴진다.

'생육신을 얻은 지 며칠 되지도 않았거늘…….'

속쓰림을 느끼며 레오슬라프는 먼지 자욱한 집무실 저편을 노려보았다.

폭연 사이로 세 사람의 그림자가 서서히 모습을 드러내고 있었다.

흑발의 청년이 그를 바라보며 혀를 찬다.

"와, 이걸 사네?"

금발의 사내도 쓴웃음을 지으며 말을 받는다.

"그러게요, 예전이었다면 첫 일격에 끝냈을 텐데."

고개를 저으며 사내, 바로스가 허공에 손짓을 했다. 방금 레오슬라프가 뽑아낸 장검이 허공에 떠오르더니 그의 손으로 날아가 잡혔다.

레오슬라프의 방어막을 살피며 카르나크가 중얼거렸다.

"신성력과 사령술을 둘 다 쓸 수 있으면 저런 짓도 가능하구만."

저 정도로 강력한 실드를 펼칠 수 있다면 함부로 추가타를 넣었다가 오히려 반격당할 수도 있다.

'일단 술법 해석부터 해야겠군.'

그동안 레오슬라프는 상황부터 파악하고 있었다.

딱히 사령 결계가 발동한 기미는 없다. 언데드들도 움직이지 않았다.

'그렇다면 이놈들은 몰래 이곳까지 잠입해 곧장 나부터 노렸다는 소리인데…….'

부서진 벽 너머, 또 한 줄기의 폭연이 피어오르는 것이 보였다. 각도 때문에 정면으로 보이진 않지만 위치는 대강 짐작할 수 있었다.

렐피아나가 머무르고 있던 3층 중 한 곳이었다.

'그녀도 습격을 받았나.'

이해가 가지 않았다.

오랜 습관 때문에 자신들은 매일 묵고 있는 장소를 바꿨으며, 외부인에게 그 사실이 새어 나가는 일도 경계했다.

그런데 이렇게 핀포인트로 자신들만 노리다니?

"어떻게 우리 위치를 이리 정확하게 파악한 거지?"

카르나크가 빙그레 웃었다.

"그러게 야근을 하지 말았어야지."

사교도들 대부분은 원래 순박한 농민들이다. 전략, 전술은 고사하고 글씨조차 쓸 줄 아는 이들이 극히 드물다.

그렇다 보니 복잡한 서류 작업은 대부분 두 타락 교황이 처리하고 있었고, 당연히 업무량도 상당한 수준이었다.

당장 내일 전투가 벌어질 경우엔 밤늦게까지 깨어 있어야 할 정도로.

"컴컴한 관청 건물에 방 두 개만 불 켜져 있으면 뭐겠냐?"

그냥 고개 들어 관청 건물을 올려 보기만 해도 두 타락 교황의 위치를 파악할 수 있는 것이다.

그래서 카르나크는 일행을 둘로 나눴다.

레오슬라프 쪽은 자신과 바로스, 그리고 레번.

렐피아나 쪽은 드렐과 밀리아, 세라티와 라피셀로.

각자의 역량과 전력을 고려 적절히 나눈 것이었다.

뭐, 그 와중에 눈치를 봐야 하는 라피셀을 슬쩍 저쪽으로 밀어 넣고 세라티도 같이 붙여서 말이지.

유들유들한 카르나크의 말투에 레오슬라프의 표정이 구겨졌다.

"……그렇군."

검은 신의 교도들로부터, 유독 테스라낙의 행사를 방해하는 흑발의 청년에 대해 들은 적이 있다.

"네놈이 카르나크로구나."

아스틀린 중앙 관청 3층에 머무르고 있던 렐피아나 역시 레오슬라프와 거의 같은 시각에 기습을 당했다.

그리고 조금 더 가혹한 결과를 맞이했다.

아예 목이 뎅겅 잘려 나갔으니까.

그럼에도 렐피아나는 쓰러지지 않았다.

공격을 받자마자 곧바로 머리에서 몸통으로 어둠의 사슬을 뻗어 연결한 것이다.

차르르륵!

의식을 주관하는 것이 머리 쪽이니 설령 언데드라 해도 목이 잘리면 몸통을 움직일 수 없다. 하지만 이런 방식이면 다시 몸쪽에 명령을 내릴 수 있다.

그녀 또한 레오슬라프처럼 역시공 초월체의 권능을 쓰기에 가능한 일이었다.

겨우 머리를 붙인 렐피아나가 분노하며 고함을 터트렸다.

"······이놈들이 감히!"

그 모습을 목격한 드렐이 치를 떨었다.

"맙소사, 목이 잘렸는데도 살아난단 말인가? 이 무슨 섭리를 벗어난 사악한 수법이란 말이냐!"

그래서 세라티는 묘한 기분을 느껴야 했다.

저게 시체 꿰매 육체 만들고 용 가루 뿌려서 부활한 사람이 할 소리일까, 과연?

그렇다고 아군에게 뭐라 할 순 없으니 그냥 입 다물고 있어야지, 뭐.

방어막을 전개한 채 렐피아나가 사령술을 펼쳤다.

"창백한 재앙이여, 악몽의 손을 뻗어 내 적을 쳐라!"

수십 개의 검은 팔이 그녀 주위에서 뻗어 나왔다. 팔마다 달린 날카로운 손톱이 주변을 초토화시키며 날아들었다.

콰콰콰콰콰!

세라티 일행도 투기검을 끌어내 공세를 받아 냈다.

은빛의, 자색의, 청색의 오러가 날아드는 검은 팔들을 모조리 베고 부수고 박살 내 버린다.

그 틈에 렐피아나가 건물 밖으로 뛰어내렸다.

'도망치나?!'

놓칠 순 없다.

세라티 일행도 곧바로 뒤를 쫓았다.

3층 높이 정도야 오러 유저들에겐 그냥 계단이나 마찬가지다. 전신을 방어막으로 두를 수 있는 성직자에게도 위험할 정도로 높은 위치는 아니다.

렐피아나도 세라티 일행도 어렵지 않게 관청 정원에 착지했다.

땅에 발이 닿자마자 렐피아나가 또다시 술법을 구사했다.

"눈을 떠라, 장막의 수호자들아!"

애초에 그녀는 도주하려 한 것이 아니었다.

관청 건물 내에서 싸우면 딱히 유리할 것이 없다. 하지만 정원엔 이미 설치해 놓은 사령 결계들이 잔뜩 있는 것이다.

왜 저놈들이 들이닥칠 때까지 작동하지 않았는지는 모르겠지만…….

'지금이라도 작동시키면 되지!'

그녀의 명이 닿자 곧바로 사령 결계들이 발동되었다. 정원 곳곳에서 검붉은 촉수와 넝쿨 들이 솟구치더니 세라티 일행을 향해 뻗어 갔다.

날아드는 촉수들을 쳐 내며 드렐이 인상을 썼다.

'움직임이 기괴하군.'

위력이 문제가 아니라, 수법 자체가 난생처음 보는 것이라 영 익숙하지 않다.

'다른 이들은 괜찮나?'

실버 나이트인 그조차 이토록 까다로운데 경지가 낮은 세라티나 라피셀은 더욱 힘들 터.

걱정이 되어 동료들을 살피던 드렐의 안색이 살짝 굳었다.

"흥! 이 정도쯤이야!"

"너무 봐서 지겹다!"

세라티도 라피셀도, 심지어 밀리아조차도 굉장히 노련하게 촉수들을 처리하고 있었다.

안색도 극히 평온한 것이 그냥 연무장에서 수련하는 것처럼 보일 지경이었다.

'뭐야? 다들 왜 저리 익숙해?'

그의 표정을 눈치챘는지 세라티가 전언을 보냈다.

[드렐 경이 근 십 년 동안 식물인간 상태라서 모르는 거고요, 요새 사람들은 이 정도 사령술에는 다들 익숙해요.]

[허어, 세상이 너무 변했구려.]

세라티와 라피셀의 검 아래 발동된 사령 결계들이 **빠른** 속도로 무너져 간다.

렐피아나는 당황하지 않았다.

그녀가 정원으로 뛰어내린 이유는 비단 사령 결계를 이용하기 위해서만은 아니었다.

갑자기 폭발이 일어났으니 관청에서 자고 있던 다른 검은 신의 사교도들도 죄다 깨어났을 터.

건물 내부에서 전투를 벌일 경우엔 저들도 도우러 오는 데 제약이 생긴다. 위치도 파악해야 하고, 장애물을 피해 빙 돌기도 해야 한다.

반면 탁 트인 정원은?

"렐피아나 님!"

"누구냐?"

"감히 어떤 놈들이!"

고개 들어 창밖을 내다보기만 하면 바로 상황을 파악할 수 있는 것이다.

기습에 놀란 사교도들이 관청 여기저기서 뛰쳐나와 세라티 일행에게 달려오고 있었다.

놈들을 살피며 세라티가 속으로 중얼거렸다.

'역시 이렇게 되나.'

기습으로 렐피아나를 처리하지 못했으니 이런 상황이 될 것은 짐작하고 있었다.

[이 자리를 부탁해요, 드렐 경, 밀리아 양.]

타락 교황 렐피아나를 확실히 처리하려면 실버나이트인 드렐이 가장 적임자일 터. 다만 그는 체력 면에서 문제가 있으니 성직자인 밀리아를 붙여 보조한다.

반면 세라티와 라피셀은 비록 경지는 낮더라도 사령술사와의 전투에 이골이 난 처지.

[우린 저놈들을 맡을 테니까.]

몸을 날리며 세라티가 투기를 발했다.

"가자, 라피셀!"

"네, 언니!"

 

레오슬라프 역시 렐피아나와 똑같은 판단을 내리고 관청 정원 쪽으로 전장을 옮긴 상태였다.

이에 대한 카르나크의 대응 역시 세라티 쪽과 같았다.

바로스가 레오슬라프를 상대하고, 카르나크와 레번이 사교도들을 상대한다.

인간 이상의 신체 능력을 지닌 엘더 구울과 뱀파이어 무리가 송곳니를 들이대며 몸을 날린다.

"카아아!"

"크아아!"

그리고 순식간에 오체분시 되었다. 레번의 자색 오러가 허공에 수를 놓은 탓이었다.

흩날리는 시체들의 파편 사이로 경악한 언데드 마물들의 표정이 비친다.

"맙소사, 퍼플 나이트?"

"이런 괴물들이 이 도시에 있었다고?"

다른 쪽에선 검은 신의 사령술사들이 열심히 어둠의 권능을 흩뿌린다.

"저주받은 붉은 불꽃이여!"

"황야의 절망을 낳아 폭풍을 부를지어다!"

그래 봐야 카르나크 눈에는 그놈이 그놈이었지만.

"너무 수준이 낮잖아."

사령술로 받아칠 필요도 없었다. 그냥 혼돈 마법만으로도 충분했다.

"크억!"

"으아아악!"

카르나크의 폭염 마법 아래 사교도들이 우수수 죽어 나갔다. 상황을 파악한 몇몇 사령술사들이 대처법을 바꿨다.

"이 정도론 안 돼!"

"테스라낙께서 주신 힘을 써라!"

아까보다 훨씬 짙은 암흑이 사교도들로부터 뿜어져 나왔다.

꽤나 강력한 사령술이었다. 확실히 이들에겐 제국의 정규군들을 무릎 꿇릴 만한 실력이 있었다.

카르나크가 감탄을 흘렸다.

"오, 이번엔 수준이 높구만."

그리고 사법의 대속자를 발동했다. 또 우수수 죽어 나갔다.

"퀵!"

"크아아악!"

이러지도 저러지도 못할 판이었다.

수준 낮은 사령술을 쓰면 위력이 낮아서 밀린다. 그렇다고 수준 높은 사령술을 쓰면 통째로 빼앗겨 버린다.

검은 신의 사교도들이 이길 방법은 하나뿐이었다.

물량 공세.

그러나 이 또한 상황이 여의치 않았다.

'병력이 너무 적다.'

상황을 살피며 레오슬라프는 미간을 찡그렸다.

아무리 언데드 군대라 해서 유리한 성벽을 굳이 버리고 밖에 나가 싸울 이유는 없다.

그래서 현재 사교단의 전력 절반은 성벽 쪽에 배치되어 있었다. 그 상태로 도시 내부에 머무르는 이들과 교대시키며 전투를 이어 갈 생각이었다.

문제는 이 난리가 났어도 성벽 쪽 전력이 이쪽을 지원하러 올 리는 없다는 점이다.

양동 작전을 경계해 레오슬라프 자신이 그렇게 못하도록 엄명을 내렸으니까.

'이놈들, 일부러 이걸 노린 건가?'

그래도 아직 희망은 있다.

현재 도시 내부의 사교도 전력은 셋으로 나뉘어 있었다. 그리고 중앙 관청의 폭발은 다른 두 저택에서도 충분히 보았을 터였다.

'조금만 버티면 그쪽에서 지원이 올 것이다!'

그렇게 레오슬라프가 드멘탈 백작 저택과 상단 본가를 바라보던 바로 그 순간.

콰아아앙!

콰콰콰쾅!

양쪽 저택에서 두 줄기 폭염이 동시에 솟구쳐 올랐다. 먼 거리에서도 똑똑히 보일 만큼 거대한 폭발이었다.

레오슬라프의 안면이 크게 구겨졌다.

"······저건 또 뭔데?!"

저 멀리 도시의 밤하늘 위로 붉은 기운이 어른거린다.

폭발로 인한 화재가 주위의 어둠을 밀어내는 광경이었다.
렐피아나는 인상을 구겼다.

'저쪽도 습격을 당했나?'

대체 얼마나 많은 적들이 아스틀린 시티에 기어들어 온 건
지 모르겠다.

'하긴, 잠입이 별로 어렵지도 않았을 테니······.'

토벌대보다 며칠 앞서 침투했다면 자신들이 파악할 수 있
을 리 없었다.

성문 쪽 출입만 신경 썼지 성벽 전체를 철통같이 경계한
것은 아니었다. 밧줄만 좀 챙겨 와도 어렵지 않게 넘을 수 있
었으리라.

그럼에도 그녀나 레오슬라프가 침입자들에게 신경을 안
쓴 이유가 있다.

도시 내에 머무르고 있던 사교도들의 평균 전투력이 워낙
높았으니까. 어지간한 강자가 아니고서는 기껏 잠입해 봐야
거꾸로 아까운 목숨만 날릴 게 뻔했으니까.

설마 이렇게까지 '어지간하지 않은 강자들'이 나타날 것이

라곤 생각도 못 한 것이다.

당장 눈앞의 저 30대 기사만 해도 그렇다.

'실버 나이트씩이나 되어서 왜 이런 위험한 짓을 하는 거지? 그냥 토벌대와 함께 움직이는 게 훨씬 유리할 텐데.'

전략적으로 보면 렐피아나의 판단이 옳다.

실제로 드렐도 비슷한 생각을 했다. 카르나크가 떳떳한 놈이었다면 그 역시 똑같이 했을 것이고.

의도한 것은 아닌데 어쩌다 보니 적의 의표를 찌른 셈이랄까?

하여튼 눈앞의 폭발을 통해 한 가지는 확실해졌다.

지원군 따윈 없다. 저쪽도 습격당해 정신이 없을 것이다.

방어막으로 몸을 감싼 채 렐피아나가 이를 갈았다.

"용케 이런 짓을……."

그녀의 반응을 보며 드렐은 속으로 혀를 내둘렀다.

'정말 카르나크 님 말씀대로군.'

드멘탈 백작가와 타르겔 상단 본가 쪽은 누군가의 습격을 받은 것이 아니었다. 애당초 그럴 여력도 없었다.

저 폭발은 카르나크의 마법 결계의 결과물이었다.

미리 잠입해 있던 라피셀과 세라티가, 몰래 마법 촉매들을 정원 외곽에 들여놓고 며칠에 걸쳐서 준비한 것이다.

어디까지나 들키지 않는 수준에서 몰래 구축한 결계였다. 사교도들이 거주하는 건물엔 감히 설치할 수도 없었다. 심

지어 정원 쪽도 사령 결계를 피해 최대한 외곽에 배치해야
했다.

당연히 위력도 강하지 않았다.

불기둥 자체는 높이 솟았고 도시 전체에서 보일 정도로 폭
발도 컸지만, 실제로는 저택 담벼락이 좀 그을린 게 전부.

정작 폭발에 휘말려 피해를 입은 사교도는 한 명도 없다.

하지만 이걸로 충분했다.


－정말 괜찮은 겁니까? 이래서야 곧바로 다른 쪽으로 지원
하러 갈 것 같은데요?

－폭발이 한 군데서만 일어났다면 그렇겠지.


그런데 사교도들이 머무르던 저택 세 곳에서 전부 폭발이
일어났다.

물론 하나만 진짜 습격이고 나머지 둘은 눈속임이지만 당
하는 입장에선?

자기네들 저택에서 터진 '정체도 의도도 알 수 없는 폭발'
이 다른 저택에서도 똑같이 일어난 걸로밖에 안 보인다.


－그럼 어떻게 하겠어? 뭔가 있을 것 같으니 방어를 굳히
고 만일의 사태에 대비하겠지?

물론 어느 정도 전략, 전술을 배운 이라면 이조차도 심리전의 일부란 걸 파악할지도 모르겠다만……

　-그걸 파악한 놈이 모두를 설득해 움직일 때쯤 되면 이미 이쪽 상황 다 끝났지, 뭐.

　카르나크와의 대화를 떠올리며 드렐은 차갑게 웃었다.
　'그래, 지원군 따윈 없다. 카르나크 님이 모조리 발을 묶어 놓으셨으니까.'
　검을 고쳐 쥐며 그가 재차 몸을 날렸다.
　찬란한 은빛 검기가 허공을 영롱하게 수놓았다.
　"타아아앗!"

　뱀파이어, 엘더 구울, 데모닉 좀비처럼 지성을 지닌 이들은 언데드 중에서도 상급으로 치부된다.
　하지만 자연적으로 출몰하는 엘더 구울이나 뱀파이어는 그리 강력한 괴물이 아니었다.
　일반인 기준에서야 당연히 두려운 존재지만 오러 유저나 고위 마법사는 충분히 상대할 수 있다.
　유스틸 킹스 오더에서 뱀파이어 무리를 사냥할 때 별 신경을 쓰지 않았던 이유다.

반면 검은 신의 사교도들은 달랐다.

"카아아악!"

엘더 구울이 포효를 터트린다. 드러난 이빨과 돋아난 손톱 위로 녹색의 액체가 뿜어져 나온다. 스치는 것만으로 황소도 기절시키는 강력한 독이다.

뱀파이어들 역시 사방에서 뛰어들고 있었다.

인간의 한계를 초월한 괴력과 엄청난 스피드를 선보이며 맹수처럼 시야를 가득 메운다.

"죽어라, 이교도 놈들!"

"테스라낙 님을 위하여!"

이들은 교단에서 종말의 어둠을 부여받은 자들.

검은 신이 내린 은총이 있으니 하나하나가 어지간한 오러 유저 이상의 능력을 지니고 있었다. 그래서 이제까진 압도적 인 힘으로 제국군을 밀어붙이며 여기까지 왔다.

하지만 그것도 상대 나름이었다.

스치기만 해도 마비되는 독액?

스치지 않으면 그만이다.

인간을 초월한 괴력과 스피드?

이쪽도 인간을 초월하긴 마찬가지다. 더했으면 더했지 모 자라진 않다.

스트라우스 가문의 후예이자 은검기의 경지를 코앞에 둔

세기의 천재, 레번 스트라우스.

수많은 기사와 마법사, 성직자 들을 쓰러뜨린 테스라낙의 마물들이 그의 보랏빛 투기검 아래 비참하게 썰리고 있었다.

"커억!"

"카악!"

"으아아악!"

그 참혹한 광경에 검은 신의 사령술사들이 치를 떨었다.

"저놈은 왜 이렇게 센 거야?"

"아무리 자색급이라지만 너무하잖아!"

이대로 당하고만 있을 순 없었다. 사령술사들이 술법을 준비했다.

이 관청 건물 주위에 사령 결계를 깔아 두느라 얼마나 고생을 했던가?

그 노고의 산물을 열심히 발동시킨다!

"깨어나라! 저주받은 넝쿨이여!"

"악몽을 퍼뜨려 산 자의 눈을 파헤쳐라!"

지면이 흔들리며 검은 연기가 퍼져 나왔다. 방대한 어둠이 마치 슬라임처럼 뭉클대며 카르나크와 레번을 노렸다.

빙그레 웃으며 카르나크가 다가오는 어둠에 손가락을 콕 넣었다.

"오, 딱 좋네."

욕탕 들어가기 전 물 온도를 체크하는 듯한 태도였다.

그렇게 손가락을 한번 휘젓더니 어둠을 길게 긋는다.

"깨어나긴 뭘 깨어나? 도로 자라."

퍼져 나가던 어둠이 그대로 바닥에 깔리며 사라져 버렸다. 기껏 술법 발동한 사령술사들의 표정이 침울하게 일그러졌다.

"또! 또 저래!"

아까부터 계속 이런 식이었다.

아무리 결계를 발동하려 해도 저절로 멈춰 버린다.

'대체 왜?'

'어째서 결계들이 죄다 먹통이 되냐고!'

눈앞의 데모닉 좀비 셋을 동시에 썰어 버린 레번이 카르나크를 돌아보며 피식 웃었다.

[와, 라피셀 없다고 아주 부담 없이 사령술 쓰시네요?]

억울한 듯 카르나크가 반박했다.

[이건 사법의 대속자거든!]

[정말로 사령술이 아니었어요?]

[거, 나도 어지간해선 사령술 안 쓰려고 노력한다니까 그러네.]

물론 무슨 엄청난 도덕적인 이유가 있어서는 아니다.

[자꾸 쓰다가 입맛 버릴까 무서워서.]

그러는 동안에도 사교도들의 수는 기하급수적으로 줄고 있었다.

수십 명이 몰려왔는데, 이제 남은 숫자가 한 손으로 꼽을 지경이다.

슬그머니 카르나크가 레번에게 전언을 날렸다.

[나머지는 알아서 처리할 수 있지?]

[뭐 하시게요?]

[바로스 도와줘야지.]

금발의 기사가 관청 건물 벽을 수평으로 타고 달린다. 그의 왼손에서 은빛 오러 사슬이 길게 뻗어 나온다.

ㅡ 휩 오브 프리즌(whip of prison)!

사슬 끝에 달린 투기의 칼날이 채찍처럼 휘몰아치며 레오슬라프의 머리를 노렸다. 허겁지겁 레오슬라프가 지면을 밟았다.

"솟구쳐라, 밤의 대지여!"

세 개의 돌기둥이 생성되며 날아드는 사슬검 앞을 가로막았다.

물론 돌로 된 기둥 정도로 은검기를 막을 순 없다. 바로 부서진다.

하지만 덕분에 사슬검의 위력도 크게 감소했다.

쿠웅!

방어막과 사슬검이 충돌하며 파문이 터졌다. 퍼져 나가는 충격파 사이로 빠져나가며 바로스가 혀를 찼다.

"쳇, 막혔네."

아무리 은검기라도 이 정도로 위력이 줄면 실드로 충분히 버틸 수 있는 것이다.

이번엔 레오슬라프가 반격을 가했다.

"별의 여신이여, 당신의 진노를 내 손에 붙이소서!"

신성력으로 이루어진 별빛의 창이 허공에 형성되어 춤추기 시작했다.

창 전체가 교묘하게 움직이며 날아드는데 마치 무술의 달인이 휘두르는 듯하다.

경시할 수 없어 바로스도 정신을 집중해 맞섰다.


-델피아드 검투술, 제왕의 숨결!


바로스의 투기검이 흐느끼는 듯한 검명을 떨치며 날아드는 창날 사이로 미끄러지듯 파고든다.

휘이이익!

하나 별빛의 창도 쉽게 통과시켜 주진 않았다.

허공에서 각도를 틀며 파고드는 투기검을 걷어 낸다. 은빛의 오러와 별빛 신성력이 연달아 충돌한다.

콰콰콰쾅!

서로 찌르지도 베지도 못했으니 일단은 무승부.

하지만 실제로는 바로스의 승리였다.

이번 공격은 거리를 좁히는 것이 목적이었으니까.

'진짜 공격은 이쪽이다!'

—타르칼 검술, 4연격!

세라티의 타르칼 검술은 아무짝에도 쓸모없지만 라피셀의 그것은 이야기가 다르다.

충분히 고도의 검술로 탈바꿈되었다. 왕년의 데스나이트 로드가 훔쳐 쓸 자격이 충분히 있다!

"슬슬 좀 쪼개져라!"

연타로 들어오는 은검기가 별빛의 창을 부수며 레오슬라프의 코앞까지 닥쳤다.

안색이 굳은 레오슬라프가 더더욱 방어막에 힘을 집중시켰다.

"크윽!"

바로스의 참격이 실드를 강타하며 폭음을 터트렸다.

콰아아아앙!

그리고 잠시 후.

"쳇, 또 막혔나?"

물러서며 바로스가 인상을 구겼다.

이번엔 진짜 제대로 내리쳤는데, 그래도 방어막을 깨부수지는 못했다.

"저 양반, 여전히 거북이처럼 싸우네. 하긴 저게 교황들의 강점이긴 하지만."

대륙을 대표하는 강자들, 3인의 대마법사와 4대 무왕.

이들에 비해 7여신교의 일곱 교황들은 아무래도 저평가된다. 분명히 영향력은 저들 못지않지만 절대 강자를 거론할 땐 제외되는 경향이 있는 것이 사실이다.

이유는 간단했다.

정말로 한 수 아래니까.

애초에 성직자들은 전면에 나서서 싸우기보다는 뒤에서 동료를 보조할 때 가장 큰 힘을 발휘한다. 그런 이들이 정면으로, 심지어 홀로 마법사나 오러 유저와 싸우면 아무래도 많이 밀릴 수밖에 없는 것이다.

일곱 교황 역시 마찬가지.

다들 강력한 수법 하나씩은 감추고 있지만 전체적인 기량을 볼 땐 무왕이나 대마법사와 비교할 수 없었다. 기껏해야 실버 나이트, 혹은 9서클의 마법사와 동급이었다.

하지만 저들에게도 무왕이나 대마법사에 필적하는 강력한 권능이 하나 있었다.

맷집이었다.

방어막 하나만큼은 정말 지독하게 높다. 게다가 지구력과 치유력도 높으니 실드가 박살이 나도 금방 메운다.

바로 지금처럼.

"별의 여신이여, 당신의 종을 가호하소서!"

레오슬라프가 재차 전신에 방어막을 둘렀다.

기껏 훔친 무왕들 기술 총동원 해가며 바로스가 반쯤 부순 방어막도 도로 말끔해졌다.

"어휴, 내가 더 많이 때렸는데 왜 내가 더 지치냐?"

순간 바로스는 고민에 빠졌다.

'그냥 역천의 검을 쓸까?'

그러면 저 무식한 방어막도 깨부수고 레오슬라프의 목을 딸 수 있을 터.

문제는 역천의 검에도 부작용이 있다는 점이다.

'자주 쓰면 밥맛 떨어질 텐데.'

목숨이 걸려 있다면 부작용을 감수하고서라도 당연히 쓰겠는데, 또 그걸 쓸 만큼 레오슬라프가 강한 건 아니다. 쓰자니 살짝 억울하다.

'아, 어쩌지?'

그렇게 고민하던 바로스의 귀에 태연한 목소리가 들렸다.

"아직 못 끝냈냐?"

"어? 도련님."

사교도들을 상대하던 카르나크가 이쪽으로 다가온 것이다.

레오슬라프의 안색이 더욱 굳었다.

'젠장, 벌써 다 쓰러진 건가?'

이길 수 없다는 건 알았지만, 그래도 시간은 좀 끌 줄 알았거늘.

거북이처럼 방어막 안쪽에 틀어박힌 레오슬라프를 보며 카르나크가 빙그레 웃었다.

"도와줄까?"

"어쩌시게요?"

카르나크가 허공에 점 찍는 시늉을 했다.

"이렇게 하려고."

톡!

실로 단순한 동작이었다. 동시에 레오슬라프의 표정이 구겨졌다.

"어엇?"

전신을 철통처럼 두르고 있던 방어막이 달걀 껍질처럼 쩌적쩌적 갈라지기 시작한다!

"내, 내 방어막이!?!"

히죽거리며 카르나크는 손가락을 빙빙 돌렸다.

"술식 해석 끝났거든. 이 정도면 할 만하겠지?"

"그럼요."

검을 고쳐 쥐는 바로스의 입가에도 살기 가득한 미소가 떠올랐다.

"껍질 없는 거북이만큼 요리하기 쉬운 놈도 없습죠."

성직자들의 보편적인 전투법은 이런 식이다.

자기 자신은 방어막을 펼치고 틀어박힌 다음, 열심히 동료들에게 가호 퍼 주고 치유술 걸어 주며 우리 편 이기라고 응원하기.

하지만 살다 보면 어쩔 수 없이 단독으로 싸워야 하는 경우도 생긴다.

그래서 대부분의 성직자들은 어설프게라도 무술을 익히곤 했다.

실제로 알리우스는 제법 뛰어난 검술을 지니고 있으며 밀리아도 봉술을 배워 두었다. 별 도움이 안 되어 그동안 쓰지 않았을 뿐이지.

물론 아무리 무술을 열심히 익혀 봐야 전문가와 비교할 순 없다.

특히나 오러 유저에게 무술로 덤빈다는 건, 성직자에게 치유 능력을 겨루자는 것만큼이나 무모한 일이다.

그런 이유로, 성직자들이 단독으로 싸울 땐 대체로 이런 방식을 고수했다.

일단 무식하리만치 강력한 방어막으로 전신을 두르고……

"알리움이시여, 가호의 빛을 내리소서!"

신성한 무기를 구현해 적을 노린다!

"여신의 철퇴가 내 적을 내리칠지니!"

신성주문을 완성한 렐피아나가 드렐을 향해 오른손을 뻗었다. 거대한 빛의 철퇴가 빠른 속도로 날아들었다.

드렐 역시 은검기를 펼쳐 맞상대했다. 투기검과 철퇴가 얽히며 연신 복잡한 궤적을 그렸다.

렐피아나의 철퇴가 드렐의 검로에 맞춰 마치 무술가처럼 정교하게 움직이고 있는 것이다.

이것이 성직자와 마법사의 차이였다.

마법으로 구현하는 무기는 투사체의 연장선이다.

숙련도가 높아질수록 보다 정확하게 겨냥해, 보다 강한 파괴력을 실어, 보다 빠르게 꽂아 넣을 수 있다. 마법에 따라서는 신체를 방어하라거나 하는 식의 복잡한 명령을 수행하기도 하지만 어쨌든 자동으로 움직이는 경우가 대부분이다.

반면 성직자는 구현한 무기를 자신의 의지로 복잡하게 움직일 수 있었다.

파괴력이나 스피드 등은 마법만 못하겠지만, 구현한 무기를 통해 무술의 기법을 구사할 수 있는 것이다.

"머리통을 으깨 주마!"

렐피아나의 외침과 함께 교묘한 각도로 빛의 철퇴가 연신 날아들었다. 공세를 피하며 드렐이 검세를 바꿨다.

은빛 투기를 사선으로 교차해 십자 베기를 날린다!


-카운터 포스!


파고든 참격이 철퇴에 실린 힘을 역으로 받아치며 렐피아나의 공격을 튕겨 냈다.

그녀의 표정이 살짝 구겨졌다.

'안 통하나…….'

역시 여신의 철퇴만으로는 부족했다.

아무리 무술에 조예가 깊어 봐야 성직자 수준, 감히 실버 나이트와 비견될 순 없다.

하지만 사령술과 연계한다면?

"깨어나라! 잔혹한 불꽃의 혀를 뻗어 네 적을 찔러라!"

렐피아나의 발치에서 불길의 촉수가 솟구쳐 드렐의 사방을 노렸다.

침착하게 받아치려던 드렐의 안색이 살짝 굳었다. 렐피아나의 사령술이 두려워서는 아니었다.

'이런, 체력이…….'

다리가 후들거린다. 호흡도 급격하게 가빠진다.

최대한 효율적으로 오러를 펼쳤음에도, 단련이 덜 된 육체가 한계를 호소하기 시작한 것이다.

괜찮다. 카르나크는 이것까지 감안해 일행을 나눴다.

"밀리아 양!"

기다렸다는 듯 그녀가 기도를 올렸다.

"라티엘이시여, 당신의 종에게 빛을 선사하소서!"

빛이 드렐의 전신을 감싸며 기력을 도로 회복시켰다. 흔들리던 은빛의 오러도 다시 찬란한 빛을 발했다.

"고맙소!"

감사를 표하며 드렐이 차분하게 날아드는 불의 촉수를 쳐냈다.

과연 실버 나이트의 경지가 어디 간 것은 아니었다. 수려한 검술이 화려한 검광을 발하며 불길을 연신 갈랐다.

그 사이로 렐피아나의 공격이 이어진다.

"달의 광휘가 내 손에 임할지니!"

거대한 백색 섬광이 드렐의 정면으로 날아들었다. 불길을 가르는 틈을 이용한 시간 차 공격이어서 피할 여력이 없었다.

'그렇다면 받아친다!'

─이그니스 이펙트!

붉은 화염이 은빛 오러를 타고 흐르며 백색 섬광을 정면으로 강타했다. 두 줄기 권능이 허공에서 충돌해 끔찍한 폭발로 화했다.

콰아아아앙!

폭발 사이로 드렐이 주춤주춤 물러섰다.

"헉, 헉헉……."

삭신이 쑤신다. 오러를 너무 과하게 구사했다. 체력이 급격히 하락하고 있다.

"밀리아 양!"

"네!"

또다시 라티엘의 치유술이 드렐을 감쌌다.

"고맙소!"

그 모습을 지켜보던 렐피아나가 오만상을 구겼다.

'무슨 이런 놈이 다 있지?'

분명 드렐은 엄청난 강자였다. 굉장한 달인이자 고수임이 틀림없었다.

그런데 한 방 크게 날리더니 부들부들.

또 한 방 크게 날리더니 양다리 휘청휘청.

강한 건지 부실한 건지 도무지 모르겠다!

'조금만 더 강하게 밀어붙이면 이길 수 있을 것도 같은데…….'

그 '조금'이 힘들다. 어쩔 수 없는 성직자 출신이다 보니 그녀 역시 공격보단 방어가 뛰어난 것이다.

결국 시간이 너무 흘러 버렸다.

저 멀리, 다른 사교도들을 모조리 격퇴한 세라티와 라피셀이 렐피아나 쪽으로 달려온다.

드렐과 밀리아, 이 둘을 상대하기만도 벅찼는데 여기서 저들까지 참전한다면?

그녀 혼자 감당하기엔 위험한 상황이었다. 지원군이 필요했다.

렐피아나가 관청 반대쪽을 힐끔거렸다.

'레오슬라프는 어떻게 됐지?'

같은 시각, 레오슬라프도 똑같은 생각을 하고 있었다.

'렐피아나는 어떻게 됐지?'

지원이 아쉬운 건 그 역시 마찬가지인 것이다.

아니, 렐피아나보다 훨씬 다급한 처지였다.

방어막을 펼치고 있는 그를 향해 거구의 금발 기사가 접근한다.

그리고 은검기를 휘두르며 무시무시한 참격을 난사해 댄다.

-델피아드 검투술, 풍왕의 난격!

스치기만 해도 인간의 육신 따윈 종이처럼 찢겨 나갈 위력
이었다. 허겁지겁 레오슬라프가 전력으로 방어막을 펼쳤다.

실드 위로 은빛 오러가 비처럼 쏟아지며 무자비한 폭격을
가했다.

콰콰콰쾅!

간신히 버텨 낸 레오슬라프를 향해 바로스가 공격을 이어
갔다.

"에라! 에라! 에라이!"

기합인지 뭔지 모를 괴상한 소음을 내뱉으며 계속 방어막
위를 두들긴다. 일단 버티곤 있는데 아까와는 상황이 전혀
다르다.

아까는 방어막으로 버티고, 튕겨 내고, 반격까지 가능했
다.

지금은 전력을 다해야 겨우 버티는 게 고작이다!

정신없이 밀리며 레오슬라프는 이를 갈았다.

'빌어먹을!'

사실, 카르나크가 그의 방어막을 완전히 해제한 것은 아니
었다.

레오슬라프가 펼치는 실드의 기본은 어디까지나 신성 주
문.

아무리 카르나크라도 마법사이자 사령술사일 뿐이다. 성직자가 아닌 이상 신성 주문을 어찌할 순 없다.

그가 해제한 것은 사령술, 어둠의 술법 쪽이었다. 그리고 이걸로도 효력은 충분했다.

여태 레오슬라프의 방어막이 그토록 강력했던 이유는 신성력과 사령력이 섞여 서로 중첩 효과를 낸 덕분이니까.

엄밀히 말하면 바로스의 표현은 틀렸다.

현재 레오슬라프의 상태는 껍질 없는 거북이라기보단, 껍질이 말랑말랑해진 게나 가재처럼 되었다는 쪽이 옳다.

"꼼짝 못 하는 놈 두들기니 재밌구만."

신바람을 내며 바로스가 투기검을 허공에서 크게 내리그었다.

"자, 다리 하나 먹고 들어간다!"

다급히 레오슬라프가 양손을 내리치며 방어막 하단을 최대한 강화했다.

그때였다.

갑자기 투기검이 궤도를 바꾸며 허공에서 꺾이더니, 곧바로 상반신으로 날아든다!

서걱!

상대적으로 약해진 실드는 바로스의 은검기를 막지 못했다. 방어막이 깨져 나가며 레오슬라프의 오른팔이 어깨 아래서부터 잘려 나갔다.

"으아아아악!"

처절한 비명과 함께 레오슬라프가 피를 뿌리며 나가떨어졌다.

그 와중에도 박살 난 방어막을 곧바로 복구시킨 것은 그의 기량이 과연 교황의 이름에 부끄럽지 않음을 의미하리라.

신성력으로 간신히 지혈하며 레오슬라프는 이를 갈았다.

다리라며! 다리 자른다며!

"저 개 같은 놈이 날 속여?"

"우리가 그렇게 신뢰 넘치는 사이는 아니잖나?"

생글생글 웃으며 바로스는 검을 고쳐 쥐었다.

이 정도로 몰아붙였으니 슬슬 깔끔하게 목을 딸 차례가 아니겠는가!

그뿐만이 아니다.

저만치서 어느새 레번스트라우스가 걸어오고 있다.

"이쪽은 끝났습니다만."

'저놈까지…….'

극심한 고통 속에서도 레오슬라프는 애써 침착하게 머리를 굴렸다.

아무래도 렐피아나의 지원은 바랄 수 없을 것 같았다. 여태 소식이 없는 걸 보면 저쪽도 그리 상황이 좋지는 않을 것이다.

'그렇다면 남은 방법은…….'

아직 최후의 수단이 남아 있긴 했다. 레오슬라프가 무심코 남은 한 팔로 품속의 정육면체를 매만졌다.

'아니, 이건 안 돼.'

함부로 소모할 수 없었다. 오직 테스라낙께서 내리신 임무를 수행할 때만 손대야 할 힘이었다.

게다가 아까 한 번 사용한 것만으로도 상당한 기운을 소모하지 않았나?

여기서 권능을 더 소비해 버리면 테스라낙의 계획마저 일그러지게 된다.

그때 레오슬라프의 뇌리에 번개처럼 뭔가가 스쳤다.

'아니, 방법이 하나 남아 있다.'

그토록 방대한 세력을 지니고 있었음에도 자신이 이토록 몰린 이유가 무엇인가?

그의 군세가 죄다 카르나크의 속임수에 넘어가 발이 묶였기 때문이다.

양동 작전임을 경계해 지원군이 죄다 성벽을 떠나지 못하고 있기에 이렇게 몰려 버렸다.

그렇다면 반대로, 레오슬라프가 지원군 쪽으로 가도 되는 것 아닌가!

'제법 머리를 굴렸지만 이런 점까진 미처 못 떠올린 모양이구나.'

회심의 미소와 함께 그가 신성 주문을 외웠다. 카르나크 일행과 레오슬라프 사이의 대지에 거대한 폭발이 일었다.

콰아아앙!

자욱한 먼지와 폭연이 시야를 잔뜩 가린다.

그 틈에 레오슬라프가 사령술로 전신을 띄웠다.

"타아앗!"

검은 그림자가 순식간에 거리 저편으로 멀어지기 시작한다.

그럼에도 카르나크 일행은 당황하지 않았다.

다들 태연하게 고개만 끄덕일 뿐.

"오, 정말 도망치네요, 도련님?"

"내가 저럴 거라 했지?"

카르나크가 느긋하게 바람 걸음의 마법을 전신에 걸었다.

"우리도 쫓아가자."

<hr>

밤이 깊은 아스틀린의 거리 위를 한 사내가 가로지른다. 사령술로 강화된 육체로 지붕과 지붕을 타고 넘으며 빠르게 성벽 쪽으로 향한다.

그렇게 막 지붕 하나를 재차 넘었을 때였다.

갑자기 발치에서 폭염이 솟구쳤다.

화르르르륵!

'겨, 결계 발동?'

기겁한 레오슬라프가 뒤로 물러섰다.

다행히 그리 강력한 마법은 아니어서 다치거나 하진 않았다. 하지만 놀랄 수밖에 없었다.

'이게 대체 왜 여기에?'

등 뒤에서 목소리가 들렸다.

"걸렸구나."

그새 레오슬라프를 따라잡은 카르나크와 레번, 바로스였다.

뒤를 돌아보는 레오슬라프를 향해 카르나크가 비웃음을 던졌다.

"불리해지면 도망칠 게 뻔한데, 설마 함정 하나 안 깔아 뒀겠어?"

혼란에 빠져 레오슬라프는 어두운 아스틀린의 거리를 돌아보았다.

저 짙은 어둠 너머에 대체 얼마나 강력한 함정이 더 숨어 있을지 짐작도 가지 않는다.

'이렇게까지 철저하게 준비를 하다니, 대체 얼마나 많은 전력이 투입된 거지?'

이래서야 성벽까지 도주할 수도 없다. 함부로 움직였다가 진짜 심각한 함정에 빠지면 정말 돌이킬 수 없는 상황에 처하게 된다.

꼼짝달싹 못하는 레오슬라프를 보며 레번은 내심 혀를 내둘렀다.

'와, 카르나크 님 치사하시네.'

진짜 심각한 함정?

그딴 거 없었다. 방금 레오슬라프가 걸린 함정이 끝이었다.

아니, 함정은 뭐 마음대로 펑펑 설치하나?

세상에 공짜는 없다.

강력한 결계를 설치하려면 그만큼 많은 노력과 비용이 들어가게 마련이다.

그래서 카르나크는 관청 건물을 중심으로 약한 폭발 결계만 둥글게 설치해 두었다. 이러면 어디로 가도 하나는 밟을 테니까.

물론 레오슬라프가 여기서 재차 성벽으로 도주해 버리면 그땐 골치 아파지겠지.

하지만 감히 움직일 수 있을까?

함부로 움직이다가 얼마나 더 불리해질지 모르는데?

'어쩌면 좋단 말인가…….'

갈등하는 레오슬라프를 향해 카르나크가 차가운 미소를 보냈다.

'자, 이제 네가 선택할 길은 하나밖에 없을 텐데?'

"……제법이구나, 카르나크 제스트라드."

레오슬라프는 애써 흥분을 가라앉혔다.

"잘도 이 몸을 여기까지 궁지에 몰았어."

이렇게 된 이상 남은 선택지는 하나뿐이었다.

지금 그에게 닥친 최악의 상황이 무엇일까?

역시공 초월체를 사용하는 바람에 테스라낙의 계획에 지장이 생기는 것?

아니다. 진짜 최악은 따로 있다.

이대로 패배하고 역시공 초월체마저 고스란히 적들에게 넘기는 상황이 그것이었다.

'그럴 수는 없지.'

미래를 생각하다 현재를 잃는다면, 미래가 무슨 의미가 있단 말인가?

각오를 굳힌 레오슬라프가 품으로 오른손을 집어넣었다.

"테스라낙이시여, 이 벌은 차후에 받겠나이다!"

다섯 손가락이 칠흑의 정육면체를 굳게 쥐었다. 눈부신 빛이 그의 전신을 덮어 갔다.

파아아아앗!

광활한 빛무리가 점점 거대해진다. 거대해지며 레오슬라프는 물론이고 주위의 어둠까지 살라 먹는다.

"빛이여, 이 몸을 태워 당신의 권위를 드리우소서⋯⋯."

타락한 교황의 입술 사이로 음울한 목소리가 흘러나왔다.

"⋯⋯강신술, 칠흑의 별."

✳

5미터가 넘는 빛의 거인이 건물들 사이로 모습을 드러낸다. 허리를 펴고 일어나며 기이한 굉음을 사방으로 흘린다.

웅웅웅웅!

인간이 아니게 된 존재가 터트리는 포효였다.

"어, 저거⋯⋯."

레번이 눈살을 찌푸렸다. 어째 익숙한 모습이었다.

"제덱스가 썼던 그거 아닙니까?"

카르나크가 고개를 끄덕였다.

"맞아, 그거야."

7여신교의 교황들이 일으킬 수 있는 최대의 이적, 자신의 모든 것을 바쳐 여신의 권능을 지상에 현현하는 강신술이다.

심지어 어둠과 섞여 새로운 술법으로 바뀌었다는 것까지 똑같다.

제덱스의 검은 태양이 원래는 강신술, 붉은 태양이었던 것처럼 저 술법도 원래는 천상의 별인 것이다.

"말하자면 원본의 다크 버전쯤 되겠네."

태연한 카르나크의 머리 위로 권능이 담긴 음성이 울렸다.

"카…… 르…… 나…… 크……."

가공할 힘의 여파가 파도처럼 밀려왔다.

음성만으로 이 일대를 모조리 짓눌러 버릴 듯한 권능이었다. 실제로 인근 아스틀린 시민들은 침대 밑에 숨어 공포에 떨고 있었다.

하지만 레번은 예전만큼 굳어 있지 않았다.

'한 번 본 거라 그런가? 그때처럼 암담한 느낌까진 아니네.'

하긴, 그때에 비해 훨씬 강해지긴 했다.

제덱스를 상대할 당시엔 고작해야 적색급인 레번이었다. 하지만 지금은 무려 자색급이 아닌가? 무려 두 단계나 경지가 올랐다.

'그래도 여전히 만만찮아 보이지만.'

긴장하며 레번이 검을 겨눴다.

"어쩌죠? 그때처럼 도망 다닙니까?"

카르나크가 앞으로 나섰다.

"내가 알아서 할게."

그리고 품에 손을 집어넣으며 싱글벙글 웃었다.

"그때랑은 상황이 다르잖아?"

목표물이 접근하자 빛의 거인이 입을 크게 벌렸다.

사방에서 빛이 모여들어 거대한 구를 이룬다. 마치 별빛이 한곳으로 모이는 듯한 광경이다.

그러더니, 이내 거대한 기둥이 되어 카르나크에게 내리꽂힌다!

콰아아아아앙!

덮쳐 오는 그 가공할 기세에 레번이 기겁할 때였다.

"카, 카르나크 님!"

카르나크가 품에서 뭔가를 꺼냈다. 그리고 닥쳐오는 섬광 앞에 대뜸 내밀었다.

칠흑의 정육면체, 역시공 초월체였다.

권능과 권능이 충돌한다. 흑요석처럼 투명한 검은빛이 도시를 찬란하게 밝힌다.

파아아앗!

역시공 초월체가 해체되어 다섯 조각으로 나누어졌다. 엘레자르, 드렐타인을 상대할 때와 같은 상황이었다.

쪼개진 다섯 파편이 오른손에 스며들며 손가락을 감쌌다. 일렁이는 어둠의 장갑을 걸친 카르나크가 히죽거리며 웃었다.

"고마워, 뚜껑 대신 열어 줘서."

칠흑의 별이 지닌 압도적인 권능 덕분에, 다시 한번 살아 있는 몸으로 죽음을 붙잡게 된 것이다.

"그러니 답례를 거하게 해 드려야지?"

무형의 파동이 빛의 거인을 강타했다. 5미터가 넘는 거구가 일격에 휘청거리며 신음을 토했다.

고오오오오-!

사령력이 아니라 혼돈 마력이었다.

엘레자르와 드렐타인을 처리할 땐 위험을 감수하고 사령술을 썼지만 지금은 그럴 필요까진 없다.

저 둘에 비하면 레오슬라프는 한참 격이 낮으니까. 심지어 혼자가 아닌가?

"마법사로 행세해도 충분히 잡을 수 있지."

예상 못 한 충격을 받은 빛의 거인이 당황한 듯 머뭇거렸다. 그 틈에 카르나크가 주문을 이었다.

9서클에 해당하는 최고위 정령 소환 마법이었다.

"와라, 펠 레스테리아!"

지표면이 녹아 흐르며 거대한 용암 거인이 허공으로 솟구친다. 그저 존재하는 것만으로 주위가 불타며 끔찍한 열기가 사방으로 퍼진다.

궁극의 정령이자 자연 그 자체를 형상화한 거신이 불의 포효를 터트렸다.

크아아아!

빛의 거인도 양팔을 휘두르며 정령 거신에게 돌진했다.

고오오오!

두 거체가 뒤섞여 박투를 벌이기 시작했다.

작은 이들에겐 느려 보이지만 실제론 어마어마한 속도였다. 서로가 서로를 두들길 때마다 폭발이 터지고 또 터졌다.

쾅! 쾅! 콰콰쾅!

제넥스 때도 그렇듯, 저 빛의 거인에겐 딱히 급소나 약점 따위가 없다.

아무리 베고 찌르고 마법을 날려도 금방 신체가 복구되어 버린다. 권능의 총량이 너무 방대한 탓이다.

이 말은 곧, 권능의 총량 자체를 날릴 수 있으면 어렵지 않게 쓰러뜨릴 수 있다는 소리도 된다!

크아아아아!

포효와 함께 정령거신이 빛의 거인의 어깨를 내리쳤다. 어깨가 통째로 날아가며 사방으로 빛의 파편이 튀었다.

단 일격에 거인의 신체를 부술 정도로 펠 레스테리아는 무시무시한 괴력을 지니고 있는 것이다.

당연하다며 카르나크가 중얼거렸다.

"원래 정령 마법은 서클을 초월한 위력을 지니고 있지."

7서클의 정령 거인조차 어지간한 9서클에 맞먹는 위력을 보였다.

하물며 9서클의 정령 거신이라면?

어지간한 10서클과도 맞먹는다!

"어디까지나 말을 잘 들을 때의 이야기지만."

그리고 지금 이 정령거신은 카르나크의 말을 참 잘 듣고 있었다.

"조져 버려!"

우오오오!

패고 패고 또 팬다.

밟고 때리고 짓누른다.

무술적 기법 같은 건 없다. 빛과 용암이 싸우는데 무슨 인간의 기술 따위가 필요할까?

그저 짐승처럼 돌진해 후려칠 뿐!

크아아아!

결국 빛의 거인이 무릎을 꿇었다.

빛으로 이루어진 거체가 점점 허공에 녹아 사라지기 시작한다. 거인을 이루던 방대한 권능도 허무하게 사방으로 흩어져 간다.

레번이 혀를 내둘렀다.

"맙소사, 저걸 저렇게 쉽게……."

당시 제넥스 하나 잡겠다고 그 고생을 한 걸 떠올리면 살짝 허무하기까지 하다.

그럼에도 카르나크는 방심하지 않았다.

'진짜는 지금부터지.'

정신을 집중해 사령술을 펼친다. 그리고 세밀하게 힘을 조절해 레오슬라프의 영혼에 어둠의 손을 뻗는다.

드렐타인의 영혼을 찢으면서 요령은 충분히 익혔다. 테스라낙의 수법에 대해서도 충분히 조사했다.

"이거다!"

성공했다.

레오슬라프의 영혼이 깔끔하게 그의 손아귀로 들어왔다. 빛의 거인 역시 완전히 현세에서 모습을 감췄다.

어둠이 깃든 오른손을 내려다보며 카르나크가 기쁜 듯 웃었다.

"이제야 멀쩡한 걸 하나 건지네."

아스틀린 시티 중앙 관청.

그곳에서도 또 하나의 빛의 거인이 날뛰고 있었다.

"후회하게 될 것이다!"

알리움의 강신술, 검은 달을 펼친 렐피아나였다.

"감히 내게 이런 죄악을 저지르게 하다니!"

그녀는 레오슬라프의 사정을 알지 못한다.

사령술이나 신성술에 원거리 통신이 되는 술법이 없는 건 아니지만, 눈앞에서 적과 싸우며 구사할 정도로 여유 있는 수법은 당연히 아니다.

그래서 도주한 레오슬라프를 보며 이렇게 생각한 것이다.

'성벽 쪽 아군을 데리러 갔구나!'

그렇다면 자신은 지원이 올 때까지 최대한 버티기만 하면 된다.

문제는 세라티 일행의 실력이 만만찮아 그냥 상대하긴 힘들다는 것. 하지만 강신술, 검은 달을 쓰려면 역시공 초월체의 힘을 빌려야 한다.

이에 렐피아나는 이런 판단을 내렸다.

'레오슬라프도 역시공 초월체를 지니고 있으니, 난 써도 되겠지?'

심각한 착각의 발로였지만 어쨌든 그녀는 금지된 힘을 써 버렸다.

그 결과가 이것이었다.

고오오오오-!

빛의 거인이 연신 섬광을 내뿜으며 도시 곳곳을 부순다. 파괴의 빛이 세라티 일행을 노리고 소나기처럼 날아든다.

하지만 정작 피해를 주진 못했다. 하나같이 침착하게 공세를 피하며 대처하고 있었으니까.

'젠장! 저놈들은 왜 저리 익숙하게 빠져나가는 거지?'

카르나크 일행이 제덱스의 검은 태양에 고생을 하긴 했지만, 그것도 다 옛말.

지금은 그때보다 일행의 평균 전력이 대폭 상향되었다.

부실하지만 실버 나이트인 드렐.

나이는 어리지만 무려 퍼플 나이트인 라피셀.

청색급임에도 위력만큼은 자색급조차 능가하는 세라티.

그리고 그냥 밀리아.

마지막은 그렇다 치고, 앞선 셋은 검은 달을 펼친 렐피아 나에게도 결코 만만치 않은 강적인 것이다.

은빛 투기검이 계속 날아든다.

"크윽!"

자색과 청색의 오러도 뒤를 잇는다.

"크으윽!"

점점 지친다.

점점 밀린다.

허덕이면서도 렐피아나는 굳건하게 버텼다.

조금만, 조금만 더 기다리면……

'레오슬라프가 지원군을 이끌고 돌아올 터!'

그녀의 기대는 슬프게도 이루어지지 않았다. 기다리던 레오슬라프 대신, 카르나크 일행이 지붕 너머로 모습을 드러낸 것이다.

세라티 일행에게 다가가며 카르나크가 태연하게 미소를 건넨다.

"다들 수고했어."

당황한 빛의 거인이 신음을 흘렸다.

"네, 네놈들이……."

레번이 놀라 눈을 휘둥그레 떴다.

"저건 말도 하네요?"

제덱스나 레오슬라프는 강신술을 쓰자마자 지성이 짐승 수준으로 떨어졌었다.

별것 아니라며 바로스가 어깨를 으쓱였다.

"쟤는 원래 했어요. 이게 교황마다 좀 다르거든요."

모든 교황의 강신술이 전부 폭주하는 빛의 거인이 되는 건 아니다. 렐피아나처럼 이성을 유지하는 경우도 있다. 그만큼 위력도 낮아지긴 하지만.

다가선 카르나크 일행을 노려보며 빛의 거인, 렐피아나는 혼란에 빠졌다.

'레오슬라프가 당했어? 대체 어떻게?'

해답은 금방 알 수 있었다.

의문에 대한 답변이, 불타는 주먹을 불끈 쥔 채 자신을 향해 달려오고 있었거든.

정령 거신 펠 레스테리아였다.

우오오오오!

───※───

압도적인 폭력으로 제국을 유린해 온 타락한 달의 교황,

렐피아나.

그런 그녀가 지금 압도적인 폭력 앞에 유린되고 있었다.

"크, 크으윽!"

빛의 육신이 부서져 내린다. 녹고 흐르고 박살 난다.

이미 세라티 일행을 상대하며 상당한 기력을 소모한 렐피아나였다. 이런 상황에서 정령 거신까지 맞닥뜨리니 도저히 감당할 능력이 없었다.

그녀는 결심했다.

'최악의 상황만은 피해야 해!'

이 시대의 생육신을 포기하는 것은 뼈아픈 일이었다. 하지만 영혼이 무사하다면 죽은 자의 육신으로 다시 부활할 순 있을 것이다.

'테스라낙이여, 거두어 주소서!'

육체를 버린 렐피아나의 영혼이 어둠 속으로 나아가려 할 때였다.

갑자기 어둠 저편에서 수십 개의 검은 손이 뻗어 왔다.

'이, 이건?!'

수십, 수백의 손아귀가 그녀의 팔, 다리, 전신을 붙잡은 채 끌어당긴다.

강제로 이 시대에 고정되며 그녀가 비명을 터트렸다.

"아아아아아악!"

무저갱으로 추락하는 렐피아나의 귓가에, 영혼조차 얼려

버릴 듯한 차가운 목소리가 은은히 울려 퍼졌다.

 ―좋아, 이걸로 둘 다 깔끔하게 접수했다.

# 검은 신의 음모

정령 거신 펠 레스테리아의 형태가 서서히 흐려진다.

우우우…….

소환이 해제되어 정령계로 돌아가는 것이었다. 그 모습을 지켜보며 세라티는 혀를 내둘렀다.

정말이지 엄청난 위력이다.

렐피아나의 강신술은 별의 교단 최강의 술법이나 마찬가지였는데 그걸 어렵지 않게 격파해 버렸다.

카르나크를 돌아보며 그녀가 웃었다.

"이러다 슬슬 정령왕이라고 불리시는 거 아니에요?"

오로지 엘프 마법사들 중에서도 특별한 자만의 전유물이었던 정령왕이라는 칭호.

인류 역사상 저렇게 불린 이는 단 한 명도 없다. 뭐, 수명이 짧다 보니 당연한 이야기겠지만.

카르나크가 떨떠름한 표정을 지었다.

"별로 마음에는 안 드는데."

"왜요?"

"사실 엘프들 사이에선 정령왕이란 게 그렇게 대단한 호칭은 또 아니거든."

엘프의 감각으로 정령왕이란 호칭은 '금쪽같은 정령 새끼 둥기둥기 잘해 주는 마법사'라는 의미도 내포하고 있다.

대단한 건 인정하는데, 그렇다고 마냥 경외를 보내는 것만도 아니랄까?

마법 제대로 못 익혀서 허구한 날 정령들 눈치만 보고 살았구나라는 느낌도 살짝 배어 있다.

"기엔 렌도 젊은 시절 정령왕 소리 듣긴 했지만 별로 좋아하진 않았지."

그래서 경지에 오른 뒤론 대마법사나 요정족의 수호자로 불리는 걸 훨씬 좋아했다고 한다.

세라티가 슬쩍 전언으로 바꿔 물었다.

[그래도 사령왕보다는 낫잖아요?]

[그야 그렇긴 한데…….]

여전히 카르나크는 탐탁지 않은 모양이었다.

[그래도 내 입장에선 곤란해.]

정령왕이란 호칭을 달고 다니면 그가 정령 마법을 구사할 때마다 유독 관심이 집중될 것이다.

물론 멀쩡한 정령 마법이면 아무 문제 없겠지만, 멀쩡하지 않잖아?

[괜히 사령술 기법 썼다는 걸 들키면 골치 아프지.]

애초에 명성을 떨칠 마음도 없다. 적당히 능력 있는 마법사 정도가 좋다.

[9서클 정도가 딱이지, 약하지도 강하지도 않은.]

[9서클이 적당하다고요?]

[9서클 따위 흔하잖아? 내가 아는 놈들만 스물은 될 텐데.]

[그 스무 명이 현존하는 모든 9서클 마법사 아니에요, 혹시?]

[어? 그러네.]

세라티는 혀를 찼다.

역시 기준이 너무 다르다.

'누가 세상 말아먹은 작자 아니랄까 봐.'

그러는 동안에도 영혼을 잃은 빛의 거인은 빠르게 무너지고 있었다.

빛의 육신이 파편이 되어 사방으로 흩어진다. 신성한 기운과 어둠의 권능이 흙탕물처럼 뒤섞여 아스틀린 시티 전역에 혼탁하게 퍼져 나간다.

사방에서 감지되는 진한 어둠의 기운에 카르나크는 만족했다.

'이 정도면 아무도 눈치 못 챘겠군.'

아스틀린 시티의 신관들이 대부분 죽임을 당하긴 했지만, 그래도 혹여 살아남은 이가 숨어 있을지 모른다. 운 없이 저들에게 사령술 쓰는 모습을 들키지 않으리란 법은 없다.

그래서 카르나크는 최대한 사령술을 쓰지 않고 전투에 임했다.

펠 레스테리아 소환도 엄연히 마법이었고 사령 결계 해체도 사법의 대속자였다.

역시공 초월체를 분해한 것도 레오슬라프가 대신 해 줬지, 카르나크가 저지른 건 아니다.

다만 영혼을 거둘 땐 어쩔 수 없이 사령술을 써야 했다. 그래서 내심 눈치를 보고 있었는데, 역시 사방이 사기로 가득해서 티가 나지 않은 듯하다.

'저 예민한 라피셀이 아무것도 눈치채지 못했으면 성공이지.'

정말이지 깔끔하게 끝났다.

상황 자체가 전부 종결된 것은 아니지만.

아직도 아스틀린 시티 내엔 많은 검은 신의 교도들이 남아 있다. 거리를 순찰하던 언데드 군세며 성벽의 병력은 여전히 건재하다.

아마도 지금쯤 혼란에 빠져 있겠지.

빛의 거인이 된 레오슬라프와 렐피아나의 모습은 성벽에서도 확인할 수 있을 만큼 거대했으니까.

남은 두 저택의 병력도 건재하다. 조만간 교황들의 죽음도 알아차릴 것이다.

그렇다면, 저들까지 카르나크 일행이 마저 처리해 주어야 할까?

'우리가 왜?'

거기까지 해 줄 의리는 없다.

지금도 도시 밖에는 1만의 토벌군이 해가 뜨기만을 기다리며 대기 중이다.

반면 우두머리를 잃은 검은 신의 군대는 이제 오합지졸일 뿐.

안 그래도 이어진 전투로 지친 카르나크 일행이었다. 굳이 남은 놈들까지 마저 해치우겠다며 나설 필요까진 없었다.

'좀 쉬었다가 붙잡은 애들 영혼 심문이나 해야겠다.'

일행을 돌아보며 카르나크가 손짓을 했다.

"돌아가서 밥이나 먹자, 힘썼더니 배고프네."


밤거리는 난리가 나 있었다.

검은 신의 음모  189

뒤늦게 사교도들이 중앙 관청으로 달려가고, 언데드 군세 부리고 하면서 소동을 부리는 중이었다.

뭐, 카르나크 일행이 신경 쓸 바는 아니다. 그냥 살살 피해 은신처로 돌아간다.

문득 세라티가 중얼거렸다.

"카르나크 님이 세운 계획이 이렇게 딱딱 맞아떨어진 건 처음 아니에요? 이제까진 항상 잘 풀리다가도 한 번씩 일이 꼬여서 임기응변으로 대처해야 했는데."

발끈하며 카르나크가 눈을 흘겼다.

"계획대로 된 적도 많거든! 원래 인간은 부정적인 부분을 더 잘 기억하기 때문에 그렇게 느낄 뿐이지."

"그걸 감안해도 안 풀린 적이 더 많은 것 같지만 말이죠."

"원래 인생이 그런 거야. 계획대로 안 풀리는 게 정상이라고."

"어쩐 일로 카르나크 님이 그렇게 사람다운 말씀을 하신대요?"

"그래? 별생각 없이 한 소린데."

사람 같다니 또 좋아하는 카르나크였다.

그런 그를 보며 세라티는 내심 웃었다.

'하긴, 처음 만났을 때에 비하면 많이 사람다워지긴 했나?'

사람은 사람인데, 썩 좋은 사람이 아니어서 문제지만.

그렇게 사교도들의 눈을 피해 무사히 은신처로 돌아왔다.

문을 열고 들어가자 새하얀 새끼 드래곤이 날아와 세라티 품에 포로롱 안겼다.

"꾸엉!"

"잘 있었니, 플로케?"

새끼 용을 안아 주며 그녀는 빙긋 웃었다.

다행이다, 홀로 내버려 둬서 살짝 걱정했는데.

"딱히 별일은 없······."

막 고개를 돌리는 세라티의 표정이 순간 굳었다.

집 안 가득 냉기가 끼어 있었다. 척 봐도 화이트 드래곤의 아이스 브레스 흔적이었다.

그뿐이랴?

일행의 배낭들도 모조리 열려 있다!

도시락은 죄다 뜯어져 종류별로 한 움큼씩 베어 물었고, 침낭은 죄다 풀어 헤쳐진 채 여기저기 널브러져 있으며, 잘 정리해 두었던 식기는 집 곳곳에 나뒹구는 중.

모두의 침묵 속에서 밀리아의 목소리만 작게 울린다.

"어머나."

그야말로 혼자만의 파티를 신나게 즐긴 모습이었다. 세라티의 매서운 눈이 새끼 드래곤에게로 향했다.

"플로케? 이게 지금 뭐지?"

안절부절못하던 새끼 드래곤이 슬그머니 눈을 피하며 묘한 소리를 냈다.

"……야옹?"

"야! 너 지금 드래곤 형태잖아! 어디서 되도 않는 고양이 흉내를 내고 앉았어?"

"꾸, 꾸어어엉!

잠시 북소리가 울렸다.

'세라티의 손'이라는 북채가 '플로케의 엉덩이'라는 북을 리드미컬하게 때리는 소리였다.

펑펑펑!

한참 혼난 플로케가 삐질삐질 날아가 구석에 숨었다. 오만 상을 찌푸리며 세라티가 카르나크를 돌아보았다.

"거봐요! 혼자 내버려 두니 별일이 생기잖아요!"

억울한 듯 입을 삐죽이는 카르나크였다.

"아무리 봐도 내 탓은 아닌 것 같다만?"

＊＊＊

소중한 식량이 '드래곤 새끼'에 의해 작살났다.

어순 바뀐 거 아니다. 원래 귀여울 땐 새끼 드래곤이고, 얄미울 땐 드래곤 새끼지.

덕분에 일행은 남은 걸로 식사를 대충 때워야 했다.

더럽지 않은 부분 대충 덜어 낸 뒤 마른 빵과 함께 우적우적 씹는다.

카르나크가 투덜거렸다.

"아, 이런 걸로 배 채우기 싫은데."

그래도 워낙 배고플 때 먹으니 맛은 있었다.

적당히 배도 채웠으니 남은 일은 하나뿐.

기껏 손에 넣은 렐피아나와 레오슬라프의 영혼을 심문해 테스라낙의 계획을 파악해야 한다.

원래 강령술은 최대한 인적이 드문 오지, 혹은 도시 내에서도 사람이 드나들지 않는 폐가에서 벌이는 경우가 많다.

그런데 지금 카르나크 일행이 묵고 있는 곳이 바로 도시 속 폐가다. 사실 여기서 그냥 해도 문제는 없다.

'라피셀만 없으면 말이지.'

열심히 플로케가 사고 친 흔적 뒷정리 중인 잿빛 머리 소녀를 보며 카르나크는 잠시 고민했다.

'슬슬 시험해 봐야 할 때가 되었지?'

배낭을 뒤져 그가 작은 향로를 꺼냈다. 라피셀이 움찔하며 잠시 놀라 고개를 돌렸다.

'어머?'

향로에서 사이한 기운이 흘러나오고 있었던 탓이었다. 원래는 사교도들이 사용하던 물건인 것이다.

하지만 이내 관심을 껐다.

사법의 중개자 마법을 사용하기 위해 기존의 사교 물품들이 필요하다는 사실은 그녀도 이미 알고 있었다.

그때 카르나크가 묘한 소릴 했다.

"사법의 중개자로, 아까 싸웠던 두 교황의 영혼을 불러 볼 게."

다들 놀라 반문했다.

"네?"

"영혼을 부른다고요?"

다만 놀란 이유는 서로 달랐다.

라피셀은 너무나도 사령술을 연상케 하는 그 수법 자체에 놀랐다.

반면 다른 이들은 라피셀 앞에서 저런 소릴 대놓고 질러 버린 카르나크에게 놀랐지.

'저 인간이 미쳤나?'

'갑자기 왜 저래?'

다들 라피셀의 눈치를 보았다.

저러다 시프라스의 무왕이라도 튀어나오면 모두가 피곤해 진다.

다행히 그런 일은 없었다. 어린 라피셀은 그저 당황하며 카르나크에게 물을 뿐이었다.

"영혼을 부른다니…… 그건 금지된 사령술이잖아요?"

"맞아, 사법의 중개자가 마법으로 사령술의 효과를 내는 거잖아. 하려면 할 수는 있어."

"그, 그래도 되는 건가요?"

"원래는 안 되지."

최대한 어쩔 수 없다는 표정을 지으며 카르나크가 말을 이었다.

"하지만 놈들의 계획을 알아내지 못하면 이 도시의 참상이 제국 전체로 퍼져 나가겠지. 그걸 막기 위해서라면 무슨 짓이건 감수할 생각이다."

혼란스러운 듯 라피셀의 목소리가 작아졌다.

"……네."

하지만 딱히 반대하지도 않았다. 어쨌든 좋은 일을 위해서이니 어쩔 수 없지 않을까 싶은 눈치였다.

그녀의 표정 변화를 살피며 카르나크는 내심 안도했다.

'이 정도는 허용해 주는군.'

거부감이 심했다면 또 미래의 라피셀이 튀어나왔을 터.

아무래도 예전보다는 카르나크를 좋게 보고 있는 것 같았다. 물론 그렇다 해도 방심할 순 없지만.

라피셀의 허락도 떨어졌겠다, 카르나크가 손짓을 했다.

"그럼 바로스랑 세라티만 따라와."

강령술을 펼칠 땐 만일을 대비해 경호 인원을 두는 쪽이 안전하다. 카르나크도 항상 그렇게 했다.

몸을 일으키며 바로스가 물었다.

"어딜 가시게요?"

"옆집."

드렐이 의아해했다.

"여기서 영혼 부르는 게 아니었습니까?"

"아무래도 혼령 부를 땐 조용하고 사람 적은 곳이 좋거든."

사실 실제 이유는 이쪽이었다.

아무리 라피셸이 심적으로 허용은 했다지만, 눈앞에서 유령 부르는 모습까지 보여 줘 버리면 어찌 나올지 모른다.

'눈치는 봐야지, 눈치는.'

그래서 사교도의 향로도 일부러 챙겨 들었다.

실은 필요도 없지만, 그래도 사법의 중개자인 척 라피셸에게 사기는 쳐야 하니까.

집 밖으로 향하며 카르나크가 남은 이들에게 말했다.

"쉬고들 있어, 오래 걸리진 않을 테니까."

✳

어둑어둑한 목조 가옥의 반파된 거실 중앙.

바닥에 붉은 결계진을 그리며 강령술을 준비한다.

"일단 렐피아나부터 소환해 볼까?"

제단을 꾸린 카르나크가 조용히 주문을 외웠다.

"명부의 권능으로 그대를 부르노니……."

바닥에 그린 마법진이 음울한 빛을 발한다. 희뿌연 연기가 천천히 피어오른다.

"오라, 인빅트의 렐피아나여……."

연기가 한 여인의 형체로 변했다. 카르나크가 추가 주문을 이었다.

"떠올라라, 영혼의 낙인이여."

제덱스 때처럼 도중에 놓칠 순 없다. 확실하게 지배하에 둬야 한다.

레오슬라프의 영혼에 새겨진 테스라낙의 낙인은 4대 장로들과 달리 상당히 복잡한 형태로 바뀌어 있었다.

아마도 아크 리치들을 빼앗긴 테스라낙이 추가로 손을 쓴 듯했다.

'완전히 빼앗을 순 없지만 저쪽이 손 못 대게 하는 건 가능하겠군.'

낙인이 형태를 바꾸며 카르나크의 지배력 일부를 받아들였다. 여인이 공손히 무릎을 꿇었다.

"명하소서, 나의 주인이시여."

머리를 조아린 렐피아나의 혼령을 바라보며 그는 잠시 고민했다.

"가만있자, 무엇부터 물어봐야 하나?"

바로스가 옆에서 물었다.

"테스라낙의 계획을 알아내신다면서요?"

"그렇긴 한데, 질문의 범위가 너무 광범위하잖아."

혹시 모르니 일단 심문은 해 봐야겠다.

"테스라낙의 계획이 무엇이지?"

"그분의 깊은 뜻을 한낱 종인 제가 어찌 판단하오리까."

"응, 그래, 이렇게 나올 줄 알았어."

그래도 한 가지는 파악할 수 있었다.

'아직 테스라낙의 영향력이 남아 있어.'

황혼교 4대 장로들과 달리 영혼의 낙인을 완전히 바꾸지 못한 탓이었다.

'함부로 언데드화시켜서 부려 먹진 못하겠네, 이거.'

하여튼 저런 식으로 물어보면 제대로 된 대답이 나오지 않는 것은 확실하다.

카르나크가 질문을 바꿨다.

일단 제일 궁금한 점부터.

"현세의 기엔 렌을 제압한 방법이 뭐지?"

"제압하지 않았습니다."

"잠깐? 제압하지 않고 미래의 기엔 렌을 빙의시켰다고? 어떻게?"

"테스라낙의 은총입니다."

"이건 뭔 소리야? 은총? 누가 그런 짓을 했다는 건데?"

"테스라낙의 화신입니다."

"에휴."

카르나크는 한숨을 쉬었다.

이런 식으로 하염없이 스무고개를 넘어야 겨우 원하는 대답을 뽑아낼 수 있단 말인가?

"에잉, 됐다."

렐피아나는 도로 가둬 놓고, 이번엔 레오슬라프를 불러 똑같은 과정을 거쳤다.

낙인이 수정된 레오슬라프의 혼령이 공손하게 고개를 숙인다.

"명하소서, 나의 주인이시여."

카르나크가 다시 같은 질문을 던졌다.

결과는 기대했던 대로였다.

똑같은 질문에도, 레오슬라프는 훨씬 능동적으로 대답했으니까.

"테스라낙의 화신, 에밀 스트라우스가 검은 신의 은총을 사용해 미래의 기옌 렌을 이 땅에 소환했습니다."

세라티와 바로스가 당황하며 카르나크를 쳐다보았다.

"에밀 스트라우스?"

"그 양반이 왜 갑자기 튀어나온대요?"

레오슬라프와 렐피아나의 육체가 빛이 되어 소멸했을 때의 일이다.

사라진 흔적 속에서 카르나크는 두 개의 검은 정육면체를 발견했다. 역시공 초월체였다.

당연히 보자마자 잽싸게 챙겼다. 방대한 마력 보관통인 이 희대의 기물을 어찌 그냥 버리고 가겠는가?

비록 비축해 둔 권능이 죄다 거덜이 나 당장 써먹을 순 없겠지만, 이 정도는 기회가 되면 얼마든지 보충할 수 있었다. 몰래 7여신교단을 찾아가 봉인된 종말의 어둠을 훔쳐 오거나 하는 식으로 말이지.

어쨌거나 두 타락 교황은 저마다 역시공 초월체를 하나씩 지니고 있었다.

그래서 카르나크는 저들도 엘레자르나 드렐타인, 제덱스와 같은 방식으로 이 시대에 소환되었다고 생각했다.

아니었다.

"기엔 렌과 마찬가지로 다른 사도들 역시 에밀 경에 의해 이 시대로 불려 왔습니다."

에밀 스트라우스는 갤러드의 육신을 차지했던 미래 레번과의 전투 이후 홀연히 모습을 감췄다. 대체 무슨 일이 일어났는지 알 수 없어 카르나크도 당시엔 꽤 혼란스러워했다.

레오슬라프는 그 답을 알고 있었다.

미래 레번의 영혼이 갤러드로 육체를 옮겼을 때, 남은 에밀의 육신은 일종의 자동 조종 상태였다.

바로스의 영혼이 세라티에게 빙의할 때마다 남은 육체가

자동 조종 상태로 카르나크를 호위하고 있었던 것처럼.

그런데 미래 레번이 패했다. 그리고 그 영혼은 시공을 넘어 테스라낙에게로 돌아갔다.

육체가 그대로 방치된 것이다.

여전히 그 속에 깨어나지 못한 에밀의 영혼을 지닌 채.

흐릿한 정신 속에서 스스로가 누구인지조차도 알지 못한 채 에밀은 일단 자리부터 피했다.

사방이 혼탁한 전장이었으니 본능적으로 취한 행동이었다.

"그렇게 자신을 잃고 세상을 떠돌던 그를, 테스라낙께서 거두셨습니다."

공허에 위치한 죽음의 신, 테스라낙.

그는 직접적으로 이 시대에 손을 뻗지 못한다. 그래서 수하들을 이용해 영향력을 간접적으로 넓혀 왔다.

그런 테스라낙에게도 에밀 스트라우스는 상당히 특이한 케이스였다.

애초에 계획에도 없는 자였다. 그냥 미래 레번이 일이 꼬이는 바람에 임기응변으로 잠시 차지한 육체에 불과했다.

하지만 미래 레번이 에밀의 영혼을 짓누르는 과정에서, 미래 레번의 주인인 테스라낙과도 희미한 연결 고리가 남게 되었다.

"쓸모가 있다고 여긴 테스라낙께서는 그를 자신의 화신으로 삼으셨습니다.”

세밀하게 기억과 인격을 조작해 테스라낙의 의식을 에밀의 영혼에 복제해 넣었다. 그리고 테스라낙의 영혼 일부를 파편화해 부여함으로써 화신으로 완성시켰다.

그렇게 그는 에밀 스트라우스이면서, 동시에 테스라낙과 같은 것을 느끼고 생각하는 존재로 변모해 버린 것이다.

“맙소사…….”

이야기를 듣던 세라티의 안색이 파랗게 질렸다.

타인의 영혼에 육체를 빼앗기고, 간신히 벗어났나 했더니 더 큰 악의 존재에 의해 인격마저 조작당했다고?

영육은 물론이고 에밀이라는 존재 그 자체까지 강탈당했다는 소리가 아닌가!

“이 무슨 끔찍한…….”

차라리 카르나크나 테스라낙에게 죽임을 당했던 역사 쪽이 더 낫지 않았나 하는 생각마저 든다.

반면 카르나크는 다른 쪽에 집중하고 있었다.

“화신이란 말이지?”

기억과 인격을 조작해 타인을 자신과 동일한 성향과 사고 방식의 소유자로 만드는 수법.

“뭐랄까, 말은 되네.”

굳이 할 생각을 안 해 보긴 했는데, 대충 이론을 따져 보니 가능할 것 같았다. 당장 기억 조작 정도는 그 역시 마력 바늘로 많이도 저지르고 있잖아?

물론 화신으로 삼을 정도로 자아가 동일화되려면 저것만으로는 모자란다. 그래서 테스라낙도 자신의 영혼 일부를 에밀에게 심었으리라.

"이것도 뭐, 못 할 건 없고."

카르나크 역시 사람 영혼을 찢어 본 경험이 풍부하다. 당장 라피셀도 있고 드렐타인도 있고.

"물론 내 영혼을 찢는 그런 미친 짓은 절대 안 하겠지만……."

말하다 말고 카르나크가 고개를 갸웃거렸다.

"아니, 그러고 보면 나도 비슷한 짓은 한 셈인가?"

아스트라 슈나프의 권능을 버린 것도 어떤 의미에선 영혼을 찢은 것이라 할 수 있겠다. 영과 육에 걸쳐 있던 육신이었으니까.

따져 보니 화신이란 존재 자체는 충분히 존재할 수 있을 것 같다.

하지만 여전히 이해가 가지 않는 부분이 있었다.

"테스라낙이 에밀 스트라우스를 화신으로 삼을 수 있었다면, 왜 엘레자르나 드렐타인이 당할 때까지 코빼기도 보이지 않았던 거지?"

레오슬라프가 대답했다.

"그들의 패배가 필요했기 때문입니다."

"패배가 필요했다고?"

"정확히는, 엘레자르의 패배가 필요했습니다."

혼령의 목소리가 집 안을 은은히 울렸다.

"그래야만 테스라낙의 은총이 이 시대에 닿을 수 있었으니까요."

테스라낙은 역시공 초월체를 이용해 미래의 수하들을 이 시대로 보냈다.

하지만 계속해 그 방식을 고수할 생각은 없었다. 역시공 초월체를 이용한 시공 회귀는 절차가 너무 까다로웠다.

저건 어디까지나 직접 이 시대에 영향력을 보낼 방법을 찾기 위한 임시방편이었다.

"그 방법이 바로 이 시대의 자격을 얻는 것이었습니다."

"자격을 얻는다고? 그게 무슨 의미지?"

"모릅니다."

레오슬라프가 아는 것은 테스라낙이 이를 '죽음의 세례'라고 표현했다는 정도였다.

"순수한 죽음의 주인으로부터 영향력을 복제해 동일한 효과를 내는 것이 그의 목적이었습니다."

그리고 그 정당한 주인이 바로 카르나크 제스트라드라는

것이다.

카르나크가 인상을 썼다.

"나라고?"

"예?"

"왜 하필 난데?"

"모릅니다. 테스라낙은 죽음의 주인이라고만 했을 뿐입니다."

카르나크는 잠시 고민에 빠졌다.

'이게 또 무슨 소리지?'

짐작이 가는 바가 없어서 고민이 아니었다.

반대로, 너무 많았다.

'내가 시공을 초월한 존재라서? 아니면 버린 아스트라 슈나프의 권능이 원래 내 것이라서? 아니면 이 시대의 원래 사령왕이 나라서? 테스라낙과 내가 동일인이라서? 아니, 오히려 동일인이 아니라서?'

이 부분은 레오슬라프를 더 추궁해 봐도 딱히 나오는 것이 없었다. 카르나크와 관련된 부분에서 강력한 정신 억압을 당하고 있었던 탓이었다.


-알려 하지 말지어다.


"이건 차라리 이해가 가네."

뎀피스와 말로카를 보면 알 수 있다.

둘 다 카르나크에 대한 호기심 때문에 도통 제 실력을 내지 못하다가 허무하게 패배해 영혼의 노예가 되었다.

'당연히 남은 수하들의 정신에는 추가 제어를 걸어 뒀겠지. 나 같아도 그랬을 텐데.'

안 그래도 카르나크가 수작을 부릴 때마다 착실히 대비를 해 온 테스라낙이다.

'일단 그놈이 날 상당히 신경 쓰고 있다는 것만은 확실하군.'

테스라낙이 원하는 만큼의 영향력을 얻기 위해선 다음과 같은 절차가 필요했다고 한다.

"오러와 마나, 신성력을 대표하는 세 명의 회귀자들이 죽음의 세례를 받아야 합니다."

이 조건을 모두 충족할 때 비로소 테스라낙은 이 시대에 손을 뻗을 수 있게 되는 것이다.

그제야 카르나크는 미래 레번과의 전투에서 느꼈던 의구심을 풀 수 있었다.

'어쩐지 어이없게 나가떨어지더라니.'

그 전투는 사실 미래 레번이 이긴 것이나 다름없었었다. 마지막에 알 수 없는 이유로 손을 놓아 버리지 않았다면.

'정말로 지라고 내보낸 게 맞았구만.'

미래 레번이 처음으로 이 시대에 강림했을 땐 딱히 패배하지 않았다. 그저 상황이 꼬이다 보니 현세 레번의 육체에서 쫓겨났을 뿐이다. 그래서 어쩔 수 없이 에밀의 육체를 대신 차지해 계획을 진행했다.

하지만 두 번째엔 제대로 패했고, 죽음의 세례를 받은 채 영혼이 테스라낙에게 돌아갔다.

"오러를 대표하는 첫 번째 회귀자의 패배였습니다."

"갤러드는?"

"그는 원래 계획에는 없던 존재입니다."

하긴, 원래는 미래 레번이 현세 레번의 육신을 차지했어 야 했다. 당연히 갤러드와 에밀의 몸을 빼앗을 계획도 없었 겠지.

갤러드의 경우엔 영혼이 미래 레번과 얽혀 있기에 같이 딸 려 갔을 뿐이라 했다.

카르나크가 구사한 광익의 천사 술식도 그때 새어 나간 것 이었다.

테스라낙 입장에선 쓸 만한 술식이 추가로 생겼으니 써먹 지 않을 이유가 없었다. 적당히 손본 뒤 검은 신의 교단에 내 려 주었다.

'그게 밀리아를 변이시킨 술식이었군.'

이후로도 계획은 이어졌다.

신성력을 대표하던 타락한 태양의 교황 제넥스 티엘란드.

마나를 대표하던 대마법사 엘레자르 데 리플라시온.

이들 또한 죽음의 세례를 받아 테스라낙에게로 돌아갔다.

모든 조건이 충족되었으니, 비로소 그의 은총이 이 시대에 손을 내밀 수 있게 되었다.

"그 은총이 기엔 렌을 깨웠습니다."

테스라낙의 은총.

이는 신학에서 논란이었던 신성력의 실체, 은총(grace)과 동일한 의미를 지니고 있었다.

대륙 전역에 걸쳐 있는 검은 신의 교도들이 죽음의 신에게 바치는 신앙, 그 집약체가 거대한 신성의 우물이 되어 권능의 형태를 갖추는 것이다.

카르나크가 혀를 찼다.

"여신교단이 들으면 발작하겠네."

실로 이단 중의 이단이었다.

저 이론대로라면, 신이 인간을 만든 것이 아니라 인간이 신을 만들었다는 식의 극단적인 해석도 나올 수 있다.

세라티가 의아해하며 물었다.

"하지만 실제로 은총이 존재하는 거잖아요, 지금? 그럼 저 이야기가 맞는 것 아닌가요?"

"꼭 그렇다고 볼 수도 없어. 어디까지나 해석하기 나름이니까.”

신은 영원불멸의 절대적 존재이나, 세상의 균형을 맞추기 위해 인간의 세상에 함부로 손을 뻗지 않는다.

그렇기에 인간은 신을 섬기며 신앙을 보내고 그 신앙을 이용해 신은 인세에 개입한다.

이때의 ‘개입할 수 있는 자격’이 곧 은총이다.

“어때? 이런 식이면 신의 권위를 훼손하지 않고도 은총의 존재가 긍정되지?”

실제로 이것이 검은 신의 교단이 신도들에게 가르치는 교리였다.

“7여신교 입장이라면 이런 식으로 받아칠 수도 있을 것이고.”

오직 일곱 여신만이 진정한 신, 그분들이 내리는 권능만이 진정한 신성이다.

하나 세상엔 인간을 미혹하는 삿된 것들이 존재하니 그들을 허신이라 한다.

허신들은 여신과 신도의 관계를 어설프게 카피해 저열한 권능을 내리니 그 힘이 곧 은총이다.

“이런 식으로 해석해도 앞뒤는 일단 맞지.”

“그냥 코에 걸면 코걸이, 귀에 걸면 귀걸이 아니에요?”

“내 말이 바로 그거야! 우리 세라티 경께서 신학의 본질을 깨달으셨구만.”

비아냥대는 그 모습에 세라티는 깨달았다.

'이 인간 말도 가려들어야겠구나.'

애초에 카르나크는 여신교에 좋은 감정이 없었다. 그런데 객관적으로 볼 수 있을 리가 있나?

카르나크도 그 사실을 모르지 않기에 신학 관련된 부분은 딱히 자신이 옳다고 고집을 피우지 않았다.

"어차피 중요한 건 저런 이론적인 부분이 아니야. 저 은총이 실존하는 권능이라는 점이지."

과연 테스라낙의 은총은 어떤 권능을 지니고 있는 걸까?

레오슬라프가 설명을 이었다.

"마저 말씀드리겠습니다……."

※

테스라낙의 화신, 에밀 스트라우스가 다루는 죽음의 신의 은총.

이 권능의 가장 큰 효과는 이것이었다.

"미래인의 영혼을 간단히 이 세계의 육체에 고정시킬 수 있습니다."

더 이상 역시공 초월체로 영혼을 인도할 필요가 없다. 에밀 스트라우스 자신이 시공의 좌표가 되어 주니까.

제단을 꾸리고 오랜 시간을 들여 술법을 펼칠 필요도 없다. 테스라낙의 은총이 그 모든 과정을 생략시켜 주니까.

남은 조건은 하나뿐이었다.

"악수입니다."

"악수?"

"엄밀히 말하면 신체 일부의 접촉이지요."

이것이 현세의 기옌 렌이 허망하게 육신을 빼앗긴 경위였다.

그냥 찾아가서 갤러드의 아들이라 자신을 소개하며 악수만 하면 되는 것이다.

무왕 갤러드와 대마법사 기옌 렌, 종족이 다르긴 해도 둘은 어느 정도 친분이 있었다. 그 와중에 어린 에밀을 만난 적도 있었으니 딱히 의심하지 않았다.

설령 의심했다 해도 딱히 방법이 없었을 테고.

그냥 손 한 번 잡으면 끝나 버리는데 뭘 어찌할 수 있겠는가?

이해가 안 간다며 바로스가 물었다.

"아무리 그래도 대마법사인데, 그렇게 쉽게 몸을 빼앗겼다고요?"

"빼앗는 놈도 대마법사잖아."

일반적인 빙의 현상이라면 기옌 렌이 당했을 리 만무하지만, 양쪽 모두 본인이다 보니 별 저항을 하지 못하는 것이다.

이후, 제국 곳곳을 뒤흔들며 남은 타락 교황들을 하나하나 찾아내 기옌 렌처럼 만들었다. 레오슬라프와 렐피아나도 그 과정에서 현세로 시공 회귀한 이들이었다.

"제덱스를 대신했던 발레리아를 제외하곤 모두 같은 방식이었습니다."

"발레리아는 왜?"

"그녀는 역시공 초월체로 돌아온 경우입니다."

문득 바로스가 고개를 갸웃거렸다.

"좀 이상한데요, 무슨 역시공 초월체가 이리 많아요?"

듣다 보니 이해가 안 간다.

분명 역시공 초월체는 4대 아크 리치 같은 언데드만이 만들 수 있다고 했다.

그런데 그 이전에도 카르나크가 획득한 마녀의 주사위 같은 것이 있었고, 그 이후에도 엘레자르와 드렐타인이 지니고 있었으며, 지금 또 레오슬라프와 렐피아나의 것까지 회수했다.

덕분에 지금 카르나크가 지닌 역시공 초월체는 무려 일곱 개나 된다.

그런데 듣자 하니, 다른 타락 교황들도 역시공 초월체를 하나씩은 챙기고 있는 것이다.

"이거 언제 이렇게 불어난 겁니까?"

레오슬라프가 차분히 대답했다.

"카르나크 님으로부터 말미암은 것입니다."

"······나?"

원래 테스라낙은 아크 리치를 이용해 역시공 초월체를 만드는 방법밖에 알지 못했다.

하나 카르나크가 역시공 초월체를 해석해 사용하기 시작하며 상황이 달라졌다.

"카르나크 님에게 당한 이들이 테스라낙에게 돌아가며, 역시공 초월체를 다루는 새로운 관점 역시 함께 전해졌습니다."

이후 테스라낙은 종말의 어둠에 섞어 영기의 씨앗을 현세에 뿌릴 수 있게 되었다. 그리하여 대륙 곳곳에 죽음의 싹이 트고, 그것이 역시공 초월체라는 열매를 맺었다.

"그것을 엘레자르와 드렐타인이 회수했습니다. 현재 검은 신의 교단이 보유 중인 권능들이지요."

카르나크가 처음 손에 넣은 마녀의 주사위도 개중 하나였다.

아크 리치에 의해 제작된 것이 아니라 인류의 무의식 속 환상에 기반해 성장하는 방식이었기에 뒤틀린 동화 같은 기이한 형태로 존재하고 있었던 것이다.

"그렇군, 확실히 그런 이유라면 왜 그렇게 괴상망측했는지도 납득이 가."

중얼거리다 말고 카르나크가 인상을 썼다.

"잠깐, 그런데 순서가 안 맞지 않아?"

카르나크가 뎀피스와 말로카를 물리치는 과정에서 역시공 초월체의 해체법을 알아냈다.

마녀의 주사위를 손에 넣은 것이 먼저란 이야기다.

"테스라낙은 내가 해체법을 알아냈기 때문에 역시공 초월체의 새로운 용법을 깨달았다며?"

"시공의 오차 때문이라 했습니다."

레오슬라프의 건조한 답변에 바로스와 세라티는 눈살을 찌푸렸다.

'시공의 오차?'

'저게 뭔 소리야?'

하지만 카르나크는 바로 알아들었다.

"아차, 그런 문제가 있구나."

그간의 사례를 보면 알 수 있듯 시공 회귀에는 몇 년의 오차가 생긴다. 그리고 테스라낙은 시공의 저편, 공허에서 영기의 씨앗을 뿌렸다.

즉, 카르나크가 역시공 초월체를 해석하기 전의 시간대로도 갈 수 있다.

"어이가 없네."

마녀의 주사위를 획득했기에 역시공 초월체를 해석할 수 있었는데, 역시공 초월체를 해석할 수 있었기에 마녀의 주사위가 생겼다?

모순이었다.

'마치 레번의 오버 킬 같은 상황이군. 이러면 어떻게 되는 거지?'

카르나크는 고민에 빠졌다. 이런 시공의 뒤틀림이 무슨 결과를 낳을지 짐작이 가질 않았다.

'그래도 이걸로 한 가지는 확실해진 것 같은데.'

카르나크가 할 수 있는 걸, 테스라낙은 할 수 없다는 점.

반대로 테스라낙이 할 수 있는 걸 카르나크가 못하는 부분도 많지만.

"역시 저 세상 바로스가 저 세상 나 집어먹고 테스라낙이 된 건가? 이러면 왜 이렇게 사령술만 수준 차이가 나는지도 이해는 가네."

카르나크의 추론에 바로스가 날카롭게 허점을 짚었다.

"그럼 라피셀은 뭔데요? 왜 우리랑 테스라낙을 둘 다 알아 봐요?"

"그건 아직도 모르겠다만……."

레오슬라프도 라피셀에 대해선 알고는 있었다.

정확하게 뎀피스가 알고 있던 만큼만.

"이건 더 캐물어 봐야 딱히 건질 게 없을 것 같고."

이후 되돌아온 기엔 렌과 타락 교황의 군세들이 라케아니아 제국을 어지럽히기 시작한 부분은 카르나크도 아는 내용이다.

"그래, 제국을 쑥대밭으로 만들어서까지 노리는 게 대체 뭐지?"

　　라케아니아 제국 북부, 문심 지방.

　　군사도시 레이븐클로는 한때 문심 최대의 요새이자 성채였다. 5,000에 달하는 군세에 전략적 위치에 굳건히 세워진 탑과 성벽은 수백 년 동안 이 도시를 범접 못 할 불괴의 요새로 여기게 했다.

　　더 이상은 아니었다. 제국 곳곳에서 일어난 참상은 이 도시 역시 피해 가지 못했다.

　　흐릿한 구름이 낀 달밤.

　　검은 하늘 아래 시체들이 흐느적거린다. 이곳을 지키던 용맹한 기사와 병사, 마법사와 신관이었던 이들이 썩어 가는 좀비가 되어 도시 곳곳을 누빈다.

　　실로 비참한 광경이었다.

　　그럼에도 벨티아는 눈 하나 깜빡이지 않았다. 그녀에게 이 모습은 슬퍼할 일이 아니었다.

　　"그분이 오시면, 새로운 세상이 열리면 모두 구원받을 터."

　　지금은 힘들고 괴로울 것이다.

　　하나 산고의 고통을 감내해야 사랑스러운 아이를 품에 안을 수 있는 법.

테라스 밖, 폐허가 된 도시를 내려다보며 그녀가 경건히 기도를 올렸다.

"테스라낙이시여, 당신의 어린 양들을 보살피소서……."

건물 맞은편에서 한 소녀가 그 모습을 지켜보고 있었다. 푸석한 갈색 머리칼에 주근깨 얼굴, 타락한 바다의 교황 발레리아 베릴리였다.

'벨티아 경이 있어 다행이군, 너무 계획이 어긋나서 걱정했었는데.'

레번과 제넥스, 엘레자르의 희생 덕분에 검은 신의 교단은 테스라낙의 은총을 이 땅에 내릴 수 있게 되었다.

그러나 사실 저 세 명은 원래 예정된 이들은 아니었다.

테스라낙의 계획에는 두 종류의 대표자들이 존재한다.

교단의 3성인으로서 오러와 마나와 신성을 대표할 자들과, 죽음의 세례를 받아 테스라낙에게 전달할 3인의 대표자들.

엘레자르와 드렐타인, 제넥스는 교단의 3성인.

죽음의 세례를 받을 운명이었던 이들은 원래 레번 스트라우스와 디오그레스 콜론, 그리고 발레리아 베릴리였다. 물론 들통 나면 안 되니 정작 본인들은 모르고 있었지만.

문득 발레리아가 쓴웃음을 지었다.

'나도 제넥스가 당한 후에야 내가 세례자임을 알았으니.'

이들이 카르나크에게 패배한 뒤 테스라낙에게 돌아가면, 그제야 은총을 이 땅에 내려 계획을 마저 진행하는 것이다.

이후 엘레자르와 드렐타인이 라케아니아 제국, 제덱스가 7왕국 연합, 기엔 렌이 요정족 연방을 맡아 대륙 전역을 검은 신의 영향력으로 물들인다.

이렇게 되었어야 했는데 카르나크 때문에 모든 일이 꼬였다.

계획대로 된 건 레번 스트라우스뿐.

발레리아 대신 제덱스가 당하면서 7왕국 연합에 대한 영향력을 잃었다. 엘레자르와 드렐타인이 당하며 라케아니아 제국에 대한 영향력도 크게 약화되었다.

영향력도 영향력이지만, 교단의 3성인을 모두 잃은 점이 특히 뼈아팠다.

3성인은 단순히 교단을 다스리는 행정직 같은 것이 아니다. 신앙의 구심점이 되어야 할 중대한 상징이기도 하다.

저들이 없다면 검은 신의 신앙도 모이지 않는 것이다.

하지만 이미 죽은 이들을 다시 3성인에 앉힐 수는 없었다.

테스라낙이 거둔 영혼들은 그와 함께 시공의 저편에 머무르고 있다. 테스라낙이 이 땅에 강림하기 전까진 저들 또한 이 시대로 돌아오지 못한다.

설령 돌아온다 해도 자격이 없긴 마찬가지였다.

이미 육신을 잃었으니 언데드로 부활하게 될 텐데, 산 자들의 신앙은 산 자들만이 구심점이 될 수 있으니까.

이미 저들에겐 자격이 없으니, 급하게 새로운 이들을 그 자리에 대신 앉혔다.

마나의 기옌 렌.

신성의 발레리아 베릴리.

오러의 벨티아 크로테움.

검은 신의 교단의 새로운 3성인이었다.

⋇

대마법사 엘레자르의 존재는 기옌 렌으로 대체할 수 있다. 제덱스를 대신할 타락 교황도 후보가 많다.

문제는 드렐타인을 대신할 무왕의 존재였다.

원래는 무왕 말리칸 툰이 새로운 3성인 중 하나가 되어야 했다. 하지만 그는 아직도 이 시대로 건너오지 못하고 있었다.

현세의 말리칸 툰을 도저히 찾을 수 없는 탓이었다.

지속된 미래의 개입으로 인해 과거의 역사가 크게 개변되었다. 덕분에 미래가 기억하는 현세 말리칸 툰의 행보도 전혀 달라졌다.

분명 이 시기엔 고향에서 은거하고 있어야 했는데, 대체 어디를 돌아다니는 것인지 교단의 정보망으로도 도무지 파악할 수 없었던 것이다.

남은 무왕은 시프라스의 벨티아와 탈레도의 바탈록뿐.

　당연히 바탈록은 탈락이었다.

　저 인간을 테스라낙의 신도로 만들려면 세뇌나 정신 지배 정도밖에 없는데, 무왕을 세뇌하려면 테스라낙이 직접 강림하지 않고서는 무리다.

　벨티아가 순수하게 테스라낙을 믿고 섬겼기에 망정이지, 그렇지 않았다면 검은 신의 교단도 앞으로의 행보가 골치 아팠을 터였다.

　'그러니 참 다행스러운 일이긴 하지만…….'

　발레리아는 벨티아와의 대화를 떠올리며 의아해했다.


　─그분의 인도하심으로 죽은 딸아이를 다시 만나게 되었습니다.


　테스라낙이 딸의 영혼을 만나게 해 줬다고? 어떻게?

　저걸 가능하게 만들려고 지금 이 난리를 피우고 있는 것인데?

　모르겠다.

　하지만 그 덕에 벨티아가 열정적으로 싸워 주고 있으니 입 다물고 있어야지.

　새로운 3성인이 탄생한 덕분에 검은 신의 신앙은 다시금 모여들게 되었다. 하지만 테스라낙의 진신을 강림시키려면 아직 갈 길이 멀었다.

현세 인류를 지배하는 일곱 여신의 신앙을 줄여야 하니까.

원 계획대로라면 자연스럽게 대륙 전체를 테스라낙의 신앙으로 물들일 수 있었다.

제덱스, 엘레자르, 드렐타인이 살아 있었다면 온 대륙이 모두 교단의 손아귀에 들어왔을 테니, 점진적으로 7여신교의 영향력을 감소시키며 원만하게 진행했으리라.

그런데 죄다 당해 버렸다.

7왕국 연합과 제국에 대한 영향력도 크게 잃었다.

이제 남은 방법은 대량 학살을 통해 강제로 인류의 인식을 뒤트는 것뿐.

대규모 전쟁을 일으킬 수밖에 없었다.

다시 한번 발레리아는 깊은 한숨을 쉬었다.

'카르나크, 그자만 아니었다면 이렇게까지 많은 피가 흐르진 않았을 것을.'

그렇다 한들 운명이 바뀌진 않을 것이다.

이대로 계속해 제국을 유린할수록 여신의 신앙도 점점 줄어들게 될 것이다.

테스라낙의 영향력은 점점 커질 것이고 새로운 3성인을 구심점으로 은총 역시 강대해지겠지.

그렇게 마침내 죽은 자의 군세가 제도 테아 크라한에 도달하는 그날.

세계수 아스트라 슈나프가 이 시대에 길게 가지를 드리우는 그때.

　위대한 죽음의 신이 이 땅에 강림하리라!

※

　다음 날 아침.

　제국의 토벌대는 사교도들이 점령한 아스틀린 시티를 향해 총공격을 나섰다.

　간밤에 도시 내에서 기이한 일이 있었음은 토벌대도 알고 있었다.

　높은 성벽 탓에 안에서 무슨 일이 벌어졌는지는 정확히 파악할 순 없었다. 하지만, 밤하늘이 연신 빛나고 곳곳에서 폭염이 솟구치고 폭발이 일어났는데 모를 리가 있나?

　이에 토벌대장 니콜라스는 부하들에게 신신당부를 해 두었다.

　"사교도 놈들이 무슨 수작을 부리고 있는지 모른다. 신중하게 움직이도록."

　충분히 납득이 가는 명령이었다. 부하들도 충실히 따랐다.

　신중하게 성벽에 접근했다.

　의외로 저항이 거세지 않았다. 어렵지 않게 성문까지 갈 수 있었다. 그리고 신중하게 성문을 부술 준비를 했다.

그런데 아니, 세상에?

성문이 열려 있네?

"함정인가?"

"이게 대체?"

성문을 활짝 열고 적을 유인하는 것은 상당히 고전적인 전술이다. 당연히 의심할 수밖에 없었다.

이후 사교도들이 괴상한 대응을 하지만 않았다면 말이지.

"저게 왜 열려 있어?"

"빨리 성문을 닫아!"

함정이라기엔 너무 다급해 보였다. 뭐, 저것조차 연기일지도 모르니 신중하게 성안으로 진입했다.

사방에서 사교도와 언데드가 몰려왔다. 긴장의 끈을 놓지 않고 신중하게 맞서 싸웠다.

지금이야 큰 문제가 없지만 언제 상황이 바뀔지 알 수 없었다.

'뭐냐?'

'무슨 속셈이냐?'

그러다 보니 전투가 끝났다.

아스틀린 시티의 사교도들 대부분이 죽거나 무릎을 꿇었다. 언데드 군세 역시 시체로 돌아갔다.

"……엥?"

멀리서 상황을 지켜보던 카르나크는 흐뭇하게 웃었다.

　　"당연한 결과지."

　　토벌대 역시 제국에서 고르고 고른 정예들이었다. 사령술사의 천적인 강력한 심문관들도 대거 포진하고 있었다.

　　반면 사교도 군대는 두 타락 교황이 없다면 오합지졸일 뿐이다.

　　"레오슬라프가 괜히 야근했겠어?"

　　승리한 토벌대는 빠르게 아스틀린 시티를 점령하고 뒤처리에 들어갔다.

　　시민들을 다독이고 남은 사교도를 색출하며 치안을 안정화하는 데 최선을 다한다. 토벌대장이 상당한 수완가였는지 별일 없이 모든 일이 진행되어 갔다.

　　다만, 한 가지 문제만큼은 토벌대장도 어쩔 수 없었다.

　　"저 시체들은 어쩌면 좋단 말인가?"

　　사령술사들이 쓰러지며 그들이 다루던 언데드들도 시체로 돌아갔다. 무려 1만에 달하는 어마어마한 시체가 도시 곳곳에 산처럼 쌓였다.

　　저게 평범한 시체라면 화장을 하거나 해서 어떻게든 처리할 수 있다.

　　일반인이라면 저걸 불태울 땔감을 모으는 데만도 하세월

이겠지만, 강력한 마법사는 거대한 불길을 일으켜 어렵지 않게 시체를 재로 만들 수 있는 것이다.

문제는 저 시체들에 깃든 사기와 탁기, 종말의 어둠 들이었다.

저걸 정화하지 않고 그냥 태워 버리는 건 도시 전체에 독안개를 뿌리는 것이나 마찬가지 행위다.

땅에선 풀이 자라지 않고 하늘은 더러워지며 그 속의 아스틀린 시민들은 시름시름 앓게 되리라.

"그러니 신관님들이 정화하는 수밖에 없지 않소?"

"시체 숫자가 자그마치 1만이오, 1만! 그걸 어느 세월에 우리끼리 정화한단 말이오?"

"달리 방법이 있다면 무조건 따르겠소."

"……없네, 젠장."

암담해하면서도 여신의 심문관들이 어떻게든 의무를 행하려 할 때였다.

구세주가 나타났다.

"제게 맡겨 주시겠습니까?"

그 흑발의 청년을 본 순간 토벌대는 왜 사교도들이 그리 맥을 못 췄는지 이해했다.

"저, 저자는?"

"그렇군! 저분이 사교도들을 벌하신 것이었어!"

"어쩐지 성문이 열려 있더라니!"

제국에서도 명성이 드높은 검은 신의 천적.

사교도의 종말이자 어둠을 몰아내며 정의를 드리우는 자.

파사의 마법사, 카르나크 제스트라드였다.

"카르나크 공이 여기 계셨었군요!"

"부디 부탁드립니다!"

다들 기뻐하며 그에게 매달렸다. 그 따듯한 환대를 보며 카르나크 일행도 흐뭇하게 웃었다.

[어둠을 몰아내며 정의를 드리운다라…….]

[이쯤 되니 슬슬 우리도 자연스럽게 느껴지네요.]

[이래서 사람이 사기에 당하는 거구나.]

드렐만 진지하게 의아해하고 있었다.

[카르나크 님이 사교도 놈들을 해치운 것 맞잖소? 그런데 다들 왜 그러시오?]

<br>

카르나크의 권속이라면 모두가 알고 있다.

그가 뻔뻔하다는 사실을.

하지만 그럼에도 다들 미처 몰랐다.

설마 이 정도로 뻔뻔할 줄은.

아스틀린 시티 서쪽의 커다란 광장 한복판에 시체들이 한가득 쌓여 있었다. 사교도들이 다루던 언데드 군세가 원상태로 돌아간 모습이었다.

그 거대한 시체의 산을 앞에 두고 심문관들이 열심히 정화의 술법을 펼친다.

"알리움이시여……."

"당신의 빛을 이곳에 내리사……."

"사악한 기운을 정화하여 주소서……."

희미한 성광과 함께 시체 더미에 깃든 사기와 탁기가 분리된다. 하지만 이것만으로 완전히 정화되었다고 볼 순 없다. 분리된 어둠의 기운 자체를 소멸시켜야 한다.

이는 워낙 많은 신성력을 필요로 하는 일이라 심문관들도 자체적으로 해결하기 어려웠다. 그래서 보통은 어둠을 봉인한 뒤 각 교단의 본산으로 이송해 엄중한 감시하에 보관하곤 했다.

그러나 이 도시의 시체는 너무 많다.

저 방대한 사기를 전부 이송하는 건 불가능한 일이다.

그래서 카르나크가 나섰다.

"위대한 섭리의 힘으로 그릇된 권능을 다루노니……."

양손에 향로를 든 채 마법을 외운다.

"오라, 어둠과 죽음의 기운이여!"

그의 전신에서 사령력이 피어오르며 시체 더미를 맴도는 사기와 탁기를 빠르게 받아들이기 시작했다.

아무리 봐도 사령술이었다. 하지만 심문관들은 열광했다.

"오오! 성공이군!"

"사기가 흡수되고 있어!"

참으로 뻔뻔하게도, 지금 카르나크는 성직자들 앞에서 대놓고 어둠을 흡수하고 있었다.

심문관들은 이렇게 알고 있었으니까.

─내게 사법의 중개자라는 마법이 있소. 사악한 이교도들의 물건을 간접적으로 사용할 수 있는 수법이지.

이미 알려진 사실이었다. 실제로 고위 마법사 중 몇몇은 구사하기도 했다.

아무도 의심하지 않았다.

─여기 사교도들로부터 빼앗은 어둠의 향로가 있으니, 이를 이용해 이 땅의 사기와 탁기를 모조리 봉인하겠소!

그렇게 벌건 대낮에, 모두가 보는 앞에서 당당하게 어둠의 기운을 거두고 있는 것이다.

놀랍게도 모든 사기와 탁기는 향로로 스며드는 순간 흔적도 없이 사라져 버렸다. 그 예민한 여신의 성직자들마저도 아무런 어둠의 기운을 느끼지 못했다.

"참으로 놀랍군."

"대체 어떤 원리로 저리되는 것이지?"

아스틀린 시티에 쳐들어왔던 언데드 군세의 수는 자그마치 1만. 여기에 제국 측 시체 숫자도 어마어마하다.

당연히 이 광장 말고도 시체들은 산처럼 쌓여 있었다.

카르나크는 그것들까지 전부 돌며 사기를 흡수했다. 거의 한나절 이상 걸리는 일이었다.

그렇게 도시 전체를 정화하고 난 뒤 곧바로 향로를 신관들에게 건넨다.

"이건 여신교단에서 보관해 주십시오."

"아, 알겠습니다."

조심스레 향로를 받아 챙기며 심문관들은 다시 한번 감탄했다.

'참으로 영웅이로다.'

한나절 넘게 카르나크가 흡수한 어둠은 실로 엄청난 양이었다. 아무리 그릇된 힘이라 한들 권능 자체는 틀림없이 강대하기 그지없었다.

그런데 이렇게 쉽게 포기하다니?

눈빛에 조금의 탐욕조차 비치지 않았다. 건네는 동작에도 주저함이라곤 전혀 없었다.

카르나크는 진심으로 이 어둠의 기운에 눈곱만큼의 관심도 갖고 있지 않은 것이다!

'이런 자가 사령술에 관심이 없다는 게 천만다행이군.'

일행에게 돌아오며 카르나크가 싱글벙글 웃었다.

"좋아, 이걸로 이 도시를 깔끔하게 청소했다!"

기가 차다는 듯 세라티가 중얼거렸다.

"어휴, 말이나 못 하면⋯⋯."

실상은 이것이었다.

당연하지만 어둠의 향로에 저딴 기능 따위 없다.

실은 향로 속에 힘을 소진한 역시공 초월체 몇 개 넣어 두고 거기다 충전한 것이었다. 수많은 신관들이 열심히 옆에서 정화술 펼쳐 주었으니 빼먹기도 쉬웠다.

역시공 초월체는 어둠을 흡수하는 순간 외부로는 전혀 기운이 새어 나가지 않는다. 전 사령왕인 카르나크조차 아무것도 느끼지 못할 정도로. 그러니 여신의 신관들인들 감지할 방법이 없을 수밖에.

그렇게 도시의 사기를 몽땅 다 빼돌린 다음, 역시공 초월체를 쏙 빼서 주머니에 넣어 두고 향로만 슥 내민 것이다.

물론 아무리 향로를 확인해 봐도 어둠의 흔적 따윈 없겠지.

하지만 여신교는 사령술에 대해 아직도 모르는 것이 많다. 저 명성 높은 파사의 마법사가 사기를 쳤다기보다는, 자신들이 모르는 무엇인가가 이 향로에 깃들어 있다고 믿게 되리라.

완전범죄였다.

[왜? 청소한 거 맞잖아?]

[그렇긴 한데 왜 이렇게 찜찜할까요…….]

어쨌든 모든 일이 깔끔하게 잘 풀렸다.

타락 교황을 통해 테스라낙의 정보도 얻었고 역시공 초월체도 넉넉하게 충전했다. 더 이상 아스틀린 시티에 볼일은 없다.

"자, 그럼 신전 밥 얻어먹고 이 도시 뜨자!"

입맛을 다시는 카르나크를 향해 밀리아가 초를 쳤다.

"밥 못 줄걸요, 이 동네 신전 다 망했는데."

"대신 토벌대에도 신관들이 있잖아."

"신관들도 참전 시엔 군대 밥 먹죠. 당연하잖아요?"

"헉!"

심각한 표정으로 카르나크가 오랜 심복을 돌아보았다.

"어쩌지, 바로스? 도시락 다 떨어졌는데."

역시나 심각한 표정을 짓는 바로스였다.

"당장 살아남은 밥집부터 찾겠습니다!"

＊

살아남은 밥집 따윈 없었다.

거리에 언데드가 활보하는데 식당을 열면 미친놈이게?

하지만 재료는 충분히 구할 수 있었다. 그리고 그 재료를 이용해 도시락을 만들어 줄 요리사도.

　든든하게 도시락 한 보따리 챙겨서 아스틀린 시티를 떴다.

　"플로케, 다음에 또 배낭 건드리면 진짜 혼날 줄 알아!"

　세라티의 엄포에 새하얀 새끼 용이 그녀 주위를 날아다니며 귀엽게 울어 댄다.

　"구이잉!"

　도시 내에서야 남들의 시선을 의식해 고양이로 변신시켜 놓았다. 하지만 지금은 관도로 나왔고 주변에 사람도 없으니 잠시 드래곤 폼으로 돌려보냈다.

　혹시 남들에게 들키면 어떡하냐고?

　오러 유저만 자그마치 다섯 명이다. 이들이 기감 영역을 펼치면 그 범위는 족히 수 킬로미터에 달한다.

　누군가가 근처로 다가오면 곧바로 알아차릴 수 있는 것이다.

　물론 기척을 숨기고 다가오면야 못 알아챌 가능성도 있긴 한데, 벌건 대낮 길거리에서 일부러 기척 숨기는 작자라면 카르나크의 '설득'으로 해결해도 별문제는 없지 싶다.

　일행은 계속 북쪽으로 향했다. 토벌대를 통해 타고 갈 말을 1필씩 얻었기에 편하게 이동할 수 있었다.

　앞장선 카르나크에게 다가가며 레번이 물었다.

　"이제 디오그레스 공에게 가는 건가요?"

　"그래야지."

레오슬라프를 심문한 덕분에 테스라낙의 계획도 대강 파악해 냈다.

기엔 렌을 비롯한 사교단 군세의 최종 목표는 라케아니아 제국의 수도 테아 크라한.

하지만 딱히 황제가 저들의 목표인 건 아니었다.

별의 여신 파르넬.

바다의 여신 아티마.

불과 투쟁의 여신 카테라.

제도에는 이 세 여신교단의 본산이 위치하고 있다. 지상 최대의 도시에 위치한 신전들답게 어마어마한 크기와 웅장함을 자랑하는 곳이기도 하다.

그리고, 가장 웅장한 신전답게 대륙 전역에서 심문관들이 수거한 종말의 어둠 역시 가장 많이 봉인되어 있었다.

저 방대한 종말의 어둠을 토양으로 삼아 세계수 아스트라슈나프를 이 땅에 세움으로써 죽음의 신 테스라낙을 강림시킨다!

이것이 검은 신의 교단이 세운 계획이었다.

턱을 매만지며 카르나크가 중얼거렸다.

"확실히 엘레자르나 드렐타인이 건재했다면 손쓸 도리가 없었겠어."

제도를 실질적으로 지배하고 있던 저들이 갑자기 반기를 들었다면 아무리 황제라 한들 대책이 없었을 것이다.

"반격할 기회가 남아 있으니 다행이지."

"그러니까 요약하자면……."

밀리아가 고개를 끄덕였다.

"제도에서 나무 심는 거 방해하면 된다는 거죠?"

"너무 요약한 거 아니니?"

하지만 틀린 말은 또 아니지.

적들의 계획을 알았으니 카르나크 일행의 행보도 결정됐다.

일단 디오그레스 콜론을 통해 제국에 사교도들의 진정한 목표를 알린다. 물론 미래니 시공 회귀니 하는 소리까진 할 수 없으니 적당히 숨길 건 숨기고 나서.

그렇게 제국과 검은 신의 교단을 싸움 붙인 다음, 빈틈을 노려 기엔 렌의 뒤통수를 맞깔나게 후려 갈겨 주면 만사형통 아니겠는가?

"그러고 나면 나도 드디어 영지에 처박혀서 편하게 살 수 있겠지."

그토록 꿈꿔 왔던 안빈낙도를 떠올리며 카르나크가 히죽 웃을 때였다.

"디오그레스라……."

바로스가 인상을 쓰며 그를 불렀다.

"저기 도련님."

"왜?"

"살짝 좀 걸리는 점이 있어서요."

레오슬라프의 말에 의하면, 기옌 렌은 악수라는 실로 간단한 행위만으로 당해 버렸다.

에밀 스트라우스를 전혀 의심하지 않고 있다가 말이지.

"이거, 디오그레스도 마찬가지인 상황 아닙니까?"

그 역시 딱히 에밀을 의심할 이유가 없다.

비록 검은 신의 교단과 함께 싸운 동료이긴 하지만, 그래도 디오그레스나 데스테란에게까지 시공 회귀의 비밀을 알려 주진 않았으니까.

"그리고 화신이 된 에밀 스트라우스는 기옌 렌을 만나러 베루스 연방까지 갔죠."

7왕국 연합을 출발해 라케아니아 제국을 횡단한 뒤, 대륙 동쪽 끝까지 갔다는 소리다.

"경로로 볼 때 테아 크라한도 얼마든지 들를 수 있었을 텐데……."

이어진 바로스의 의문에 모두의 안색이 딱딱하게 굳었다.

"……가는 길에 디오그레스 잠깐 만나서 악수 한 번 하는 게 과연 어려운 일이었을까요?"

<hr />

라케아니아 제국 서부, 체렌딜 대평원.

드넓은 광야에서 대마법사 기옌 렌의 사교도 군단과 탈레도의 무왕 바탈록이 이끄는 제국군이 치열하게 맞붙고 있었다.

"돌격! 돌격하라!"

"으아아아아!"

강철 갑옷을 두른 기사들이 전투마를 탄 채 질주한다. 강인한 드워프 전사들이 거대한 도끼를 휘두르며 맞선다. 찬란한 투기가 연신 얽히며 서로의 피를 사방에 흩뿌린다.

제국 중장보병과 사교단의 언데드 군세가 그 뒤를 따른다. 수천의 군세가 어지럽게 뒤얽혀 사투를 벌인다.

탈레도 궁사대의 화살이 하늘을 뒤덮으면 황금가지회의 엘프 마법사가 반격하고, 또다시 여명탑과 제국 마탑의 인간 마법사들이 카운터 매직으로 되받아친다.

검은 신의 사령술사들 또한 강력하기 그지없다. 저들이 어둠을 떨칠 때마다 처절한 신음과 비명이 아우성친다.

흐릿한 연기와 불꽃으로 뒤덮인 하늘 아래 피로 물드는 대지.

대지 곳곳에 거대한 그림자가 연신 드리워졌다. 병사들이 공포에 질려 비명을 터트렸다.

"드래곤!"

"드래곤이다!"

저대로 드래곤이 날뛰게 내버려 두면 실로 큰 피해가 닥칠

터.

디오그레스 콜론이 오른손을 들었다. 손에 잡힌 새벽 너울의 지팡이가 찬란한 빛을 발했다.

"타야 할 것은 타오를지어다."

돌풍이 일었다. 수십 줄기의 회오리가 붉은 화염으로 변해 기둥처럼 솟구치며 날아드는 드래곤들을 노렸다. 어찌나 가공할 열기인지 평원 전체의 공기가 후끈 달아올랐다.

기옌 렌 역시 마법으로 응수했다.

"하늘의 것은 하늘에, 땅의 것은 땅으로."

구름 곳곳이 찢어지며 광채가 쏟아졌다. 수십 줄기의 빛이 수십의 불기둥에 작렬해 서로 타올랐다.

권능과 권능이 충돌하며 대평원 전체가 요동을 쳤다.

콰콰콰콰쾅!

과연 10서클의 힘은 인세의 인식을 아득히 초월하는 것이었다. 이 일대의 공기 전체가 응집된 마력으로 곤죽이 되었다.

이 넘실대는 방대한 기류 속에서 버틸 존재는 없었다. 저 거대한 드래곤들조차 마치 풍랑 속 가랑잎처럼 힘없이 떠다니기 시작했다.

"크, 크르르르!"

"크아아아!"

그 가공할 마법의 충돌 사이로 한 줄기 황금의 섬광이 질주했다.

"타아아아앗!"

무왕 바탈록이었다.

한 발 내디디니 땅거죽이 깊게 파이며 수십 미터를 나아간다. 곧이어 발을 구르니 대지가 폭발하며 허공으로 솟아오른다. 한낱 작디작은 인간이 고작 두 걸음 만에 허공의 드래곤과 눈을 마주한다.

"가소롭다, 이 덩치만 큰 도마뱀들아!"

통쾌한 외침과 함께 황금의 참격이 하늘을 수놓았다. 수십 미터에 달하는 검광이 스치는 모든 것을 쪼개고 베어 냈다.

처절한 용들의 비명이 터져 나왔다.

크아아아아아―!

✳

드래곤들을 베어 넘긴 뒤 바탈록은 다시 지상에 착지했다. 그리고 차분히 숨을 골랐다.

"후우우……."

다행히 전황은 나쁘지 않았다. 기엔 렌의 군세는 분명 강했지만 무왕과 대마법사의 합공을 상대할 정도는 아니었다.

'슬슬 끝장을 봐야 할 때로군.'

제국 기사단을 이끌고 나아가며 바탈록은 적진의 중앙으

로 파고들었다. 이미 디오그레스 콜론과 상의한 작전이었다.

　－우리가 적진의 중앙을 뚫고 지나가겠소! 뒤따르며 디오
그레스 공이 마무리하시오!

　한때 철천지원수처럼 굴었던 두 사람이었다. 바탈록도 디
오그레스 콜론도, 지난 수십 년간 서로를 못 죽여 안달인 시
절이 있었다.
　이제는 아니었다.
　제국에 위기가 닥친 탓일까? 디오그레스 콜론은 충실하게
바탈록의 명령에 따라 주었다. 덕분에 그에 대한 감정도 많
이 희석되었다.
　두 절대자, 무왕과 대마법사가 한마음으로 뭉쳤으니 더 이
상 두려워할 것은 없다!
　"전원 돌격!"
　제국 기사단을 이끌고 바탈록은 무시무시한 공세를 가했
다.
　날카로운 한 줄기 창이 적진을 가르며 나아갔다. 대열이
무너지며 기엔 렌의 군세가 크게 흐트러졌다.
　절호의 기회였다.
　이제 디오그레스가 후속 공격을 하면 확실하게 승기를 잡
을 수 있다!

"디오그레스!"

후속 공격은 없었다.

바탈록과 제국 기사단이 적진 한복판으로 파고드는 그 순간까지도.

'……디오그레스?'

당황한 바탈록의 눈앞에 이해할 수 없는 일이 벌어졌다.

뒤늦게 디오그레스가 마법을 구사했다. 대마법사다운 강대한 10서클 주문이었다.

하지만 그것은 제국군을 향해 작열하고 있었다.

콰콰콰콰콰콰!

거대한 불길이 제국 기사들을 덮쳐 간다. 끔찍한 비명이 사방에서 아우성친다.

"으, 으아아악!"

"뭐, 뭐야, 도대체!"

바탈록은 혼란에 빠졌다.

'디오그레스가 갑자기 배신을? 대체 왜?'

멀리서 지켜보던 기엔 렌이 차가운 미소를 머금었다.

"테스라낙의 충실한 종들아."

기다렸다는 듯 전군에 명을 내린다.

"덫에 걸린 어리석은 호랑이를 붙잡아라."

사방에서 언데드들이 몰려왔다. 사방에서 드래곤들이 몰려왔다.

엘프도, 드워프도, 사령술사 들도 겹겹이 그를 포위한 채 온갖 투기와 마법, 어둠의 권능을 쏟아 낸다.

"빌어먹을!"

금검기를 휘두르며 바탈록은 미친 듯이 날뛰었다. 하지만 대책이 보이지 않았다.

너무도 절묘한 타이밍에 허점을 찔렸다. 도저히 벗어날 수가 없다.

그렇지만 쉽게 쓰러져 줄 순 없었다.

"당할 것 같으냐!"

상처 입은 호랑이가 광포하게 날뛰었다. 엄청난 피가 흐르고 또 흘렀다.

"난 탈레도의 무왕이다!"

그런 그의 앞에, 두 사내가 모습을 드러냈다.

"그래, 그대는 분명히 무왕이지."

엘프 대마법사 기엔 렌.

"테스라낙 님의 위엄을 상대하기엔 너무도 빈약한 인간의 무왕."

그리고 인간 대마법사, 디오그레스 콜론이.

"디오그레스, 네 이노오오옴!"

상대를 노려보며 바탈록이 분노를 터뜨렸다. 디오그레스의 전신에서 확연한 검은 기류가 흘러나오고 있었다.

종말의 어둠이었다.

"나에 대한 원한으로 눈이 멀었구나! 추악한 사교도가 되면서까지 이런 짓을 저지른단 말이냐?"

순간 디오그레스가 어이없다는 표정을 지었다.

"그대에 대한 원한?"

그의 입가에도 미소가 떠올랐다.

"무슨 그런 오해를."

실로 차가운 비웃음이었다.

"몇십 년 전의 감정을 여태 지니고 있을 리가 없지 않나?"

<br>

카르나크 일행이 제국군의 대패 소식을 전해 들은 것은 아스틀린 시티를 출발하고 사흘이 지난 후였다.

"……디오그레스 콜론이 배신했다고?"

소식을 가져온 젊은 사내가 고개를 끄덕였다. 이 일대에 숨어 있던 제국 황혼교도 중 하나였다.

"예, 사실은 그가 진짜 검은 신의 사교도였다고 합니다."

디오그레스가 사령술을 전개하는 광경을 많은 제국군이 두 눈으로 똑똑히 보았으니 의심할 여지가 없었다.

"바탈록은 죽고 제국군 대부분이 전멸했습니다."

문제는 저걸로 끝이 아니라는 점이다.

"죽은 무왕은 언데드로 되살아나, 마찬가지로 언데드가

된 제국 기사단을 이끌고 사교도의 군세에 합류해 버렸습니다. 이제 제국의 운명은 풍전등화나 마찬가지입니다."

더 심각한 것은 황제의 대응이었다.

역시 엘레자르와 드렐타인이 옳았다면서, 크레타스 기사단과 제국 마탑의 마법사들을 도로 복권시킨 것이다. 대신 여명탑의 마법사들이 대거 붙잡혀 들어가게 되었다.

카르나크는 이마를 짚었다.

"돌겠네."

황제 입장에서야 제도 내 사교 세력을 색출하기 위해 저지른 짓이겠지만, 실은 여명탑의 마법사들이야말로 검은 신의 교단과 거의 관련이 없다.

반면 크레타스 기사단과 제국 마탑 쪽엔 오래전부터 엘레자르와 드렐타인이 키운 사교도들이 대거 숨어 있지.

어깨를 으쓱이며 바로스가 쓴웃음을 지었다.

"왜 불길한 예감은 틀리는 법이 없나 몰라요?"

# 세상 일 참 뜻대로 안 된다

　원래 카르나크의 계획은 이것이었다.

　제도 테아 크라한으로 향해 디오그레스 콜론을 만나 그동안 얻은 정보를 전달한다.

　비록 검은 신의 세력이 예사롭지 않긴 하나 제국 측에도 무왕과 대마법사가 아직 건재하다. 여기에 카르나크 일행까지 참전한다면 충분히 승산이 있다.

　그렇게 제국군을 움직여 사교단을 치게 만들고, 빈틈을 노려 기옌 렌의 뒤통수를 후려갈긴다!

　그런데 디오그레스 콜론이 배신했다. 반대로 카르나크가 뒤통수를 맛깔나게 처맞아 버린 셈이었다.

　"엄밀히 말하면 배신은 아니지만 말이지."

지금의 디오그레스는 필경 미래인일 터였다. 직접 확인하진 않았지만 저 상황에서 배신할 이유는 그것밖에 없었다.

세라티와 라피셀이 침울한 시선으로 서로를 바라보았다.

"맙소사……."

"디오그레스 할아버지가……."

비록 오래 알고 지낸 사이는 아니었지만, 분명 목숨 걸고 함께 싸운 동료였다.

동료의 죽음은 쉽게 받아들이기 힘든 법이다. 이걸 죽음으로 봐야 할지 좀 애매하긴 하지만.

한숨을 쉬며 카르나크는 고민에 잠겼다.

"이제 어쩐다?"

이로써 검은 신의 교단은 현존하는 모든 무왕과 대마법사를 손에 넣었다.

대마법사 디오그레스 콜론과 기옌 렌, 무왕 벨티아와 바탈록.

여기에 타락 교황들도 있다.

아티마의 발레리아와 사이샤의 리게일, 그리고 카테라의 스플렌디아.

하토바의 버네빌은 아직 확인되지 않았지만, 저 셋은 확실하게 군대를 이끌고 제국을 유린하는 중이다.

바로스가 고개를 끄덕였다.

"타락 교황들은 상대할 수 있을 것 같은데 말이죠."

이미 레오슬라프와 렐피아나를 어렵지 않게 이겼다. 상황만 받쳐 주면 별 피해 없이 타락 교황 둘 정도는 해치울 수 있다는 것이 증명되었다.

"무왕과 대마법사도 뭐, 상대가 혼자라면 어떻게든 될 것 같고요."

엘레자르와 드렐타인을 상대할 때 카르나크가 구사한 '참회의 손'은 실로 엄청난 위력을 지니고 있다. 사령술을 쓸 기회만 잡을 수 있다면 승산이 있으리라.

참고로 '참회의 손'은 카르나크가 역시공 초월체를 분해해 자기 손에 붙이는 기술의 명칭이었다.

–참회? 누가요?

–나.

–……진심이십니까?

–왜? 나 지금 반성하며 살고 있잖아.

–아, 도련님 기준에선 지금이 반성하는 삶이시구나.

–아주 틀린 말도 아니긴 하죠.

–어라? 요새 어째 세라티 경이 도련님한테 관대하네요?

–누울 자리 보고 발 뻗으라는 옛 성현의 말씀을 따르는 것뿐이랍니다.

이렇듯, 카르나크 일행이 계산한 적들의 전력은 어느 정도 현실적으로 상대 가능한 수준이었다.

그런데 갑자기 무왕과 대마법사가 두 배로 늘었다? 이래서야 승산이 없다.

레번이 진지한 표정으로 물었다.

"다른 방법이 없을까요?"

카르나크가 머리를 긁었다.

"일단 몇 가지 떠오른 게 있기는 한데……."

첫 번째 아이디어는 이것이었다.

"우리가 먼저 제도에 봉인된 종말의 어둠을 털어 버리는 거지."

테아 크라한에 위치한 파르넬과 아티마, 카테라의 총본산.

현재 사교단의 목적은 이 세 신전에 봉인된 어둠을 근원 삼아 아스트라 슈나프를 현세에 구현하는 것이라 했다.

"토양을 들고 튀면 나무도 못 심을 것 아냐?"

"어?"

"그러게요?"

다들 괜찮은 아이디어가 아니냐는 표정을 지었다. 심지어 라피셀조차도.

그녀는 이미 아스틀린 시티에서 카르나크가 '대놓고' 사기와 탁기를 흡수하는 광경을 보았다. 딱히 이상하게 볼 이유가 없는 것이다.

하지만 이는 실행할 수 없는 계획이었다.

"들고 튀기엔 어둠의 양이 너무 많아."

역시 공 초월체에 충전하는 것도 정도껏이지, 저 막대한 어둠을 전부 흡수하는 건 불가능하다.

그 정도로 방대한 양이니까 세 신전이 합동으로 보관 중인 것이다.

"애당초 몰래 훔칠 수 있는 수준이었으면 사교단도 굳이 이런 일을 벌이지 않았겠지?"

반기를 들지 않았다면, 기엔 렌의 영혼이 미래인으로 바뀌었다는 사실이 외부로 알려졌을 리도 없다.

그냥 시치미 뚝 떼고 신전 찾아가서 하룻밤 묵은 다음 몰래 들고 튀었어도 될 일인 것이다. 당장 카르나크 자신도 한 번 저지른 짓 아닌가?

"물론 무리하면 어떻게든 가능하긴 하겠지. 그 대가로 내가 언데드가 되어 버리겠지만."

"그건 안 돼요!"

라피셀이 다급하게 그를 말렸다.

"아무리 세상을 위해서라지만 카르나크 님이 희생하실 필요는 없어요!"

다른 이들도 말리긴 마찬가지였다.

"절대 안 됩니다."

"네, 안 되죠."

이유는 좀 달랐지만.

생육신을 도로 잃은 저 인간이 과연 이 세상을 그냥 내버려 둘까?

차라리 테스라낙이 강림하는 쪽이 더 행복한 세상일 수도 있다!

카르나크가 피식 웃었다.

"그냥 해 본 소리야. 당연히 나도 그럴 생각은 없어."

세상을 위해 내 한 몸 불사를 바엔, 세상을 불살라 함께 가겠다는 것이 그의 오랜 신념이었다.

"두 번째 방법은, 흡수할 만큼만 흡수하고 나머지 종말의 어둠은 그냥 사방에 풀어 버리는 거야."

세라티가 눈을 깜빡였다.

"그러면 어떻게 되는데요?"

"일단 어둠을 흩어 놓을 수는 있는데, 그 대가로 제국 전역이 언데드로 들끓는 지옥이 되겠지."

수년간 모아 왔던 방대한 어둠이 일시에 풀린다? 얼마나 끔찍한 상황이 이어질지 짐작하기도 힘들다.

"그래도 죽음의 신이 강림하는 것보다는 움직이는 시체가 잔뜩 창궐하는 쪽이 그나마 낫지 않겠어?"

"그, 그렇긴 한데요……."

평소라면 결단코 말렸을 세라티가 말을 더듬었다. 선뜻 반대하기엔 현실을 무시할 수 없었다.

오히려 카르나크가 탐탁지 않은 표정을 지었다.

"문제는 이것도 어디까지나 미봉책에 불과하다는 거야. 종말의 어둠이 흩어졌다 해도 도로 긁어모으면 그만이거든."

당장의 시간은 벌 수 있겠지만 본질적인 대책은 되지 못한다.

"하지만 이 정도 외엔 달리 떠오르는 게 없으니……."

그렇게 카르나크가 난처해할 때였다.

문득 드렐이 의견을 냈다.

"이렇게 하시는 건 어떻습니까?"

애초에 세 본산에 모아 놓은 종말의 어둠은 대륙 각지의 신관들이 수거해 온 것이다.

"이걸 반대로 하는 겁니다."

세 본산에 모아 놓은 종말의 어둠을, 세 신전의 신관들이 저마다 봉인할 수 있는 만큼 봉인한 뒤 대륙 각지로 뿔뿔이 흩어진다.

"이러면 세상에 어둠을 뿌리지 않으면서도 사교도들의 계획을 방해할 수 있지 않겠습니까?"

카르나크가 눈을 동그랗게 떴다.

"……어?"

듣고 보니 말이 된다.

'그러니까, 몰래 수작 부릴 생각 말고 당당하게 신전이랑 손잡고 어둠을 처리하자는 거지?'

제도의 세 신전은 각 교단의 본산답게 많은 신관들을 보유

하고 있다. 그들에게 각자 감당할 수 있을 만큼의 어둠만을 지니게 하면 그렇게까지 큰 문제는 일어나지 않겠지.

게다가 현재 카르나크는 파사의 마법사로 명성을 떨치는 중이다. 신전에서도 그의 말을 무시하진 않을 것이다.

"가능하겠는데? 왜 내가 이 생각을 못 했지?"

옆에서 바로스가 전언으로 초를 쳤다.

[왜긴요, 평생 남 뒤통수 때리고 거짓말만 하며 살았으니까 그렇……]

[시끄러워.]

하여튼, 드렐의 제안은 상당히 현실적이었다. 충분히 시도할 가치가 있었다.

"더더욱 빨리 제도로 향해야겠구만."

<br>

카르나크 일행은 이동 속도를 높였다.

말이 지칠 때까지 달리고 역참 마을에 도착하면 바꿔 타기를 반복하며 무려 이틀 만에 제국 중부에 도착하는 데 성공했다.

그 와중에 미뤄 두었던 문제들도 처리했다.

바로, 속박해 놓았던 레오슬라프와 렐피아나의 영혼에 대한 문제였다.

사실 카르나크는 두 타락 교황도 영혼의 낙인을 고쳐 쓴 뒤 부하로 만들어 버릴 작정이었다.

저 둘을 몰래 언데드로 만든 다음 황혼교에 던져 놓으면 4대 장로에 필적하는 든든한 전력이 되어 주지 않겠는가?

역시공 초월체에 어둠의 기운도 넉넉하게 비축해 놓았으니 그리 어려운 일도 아니었다.

뭐, 4대 장로 입장에선 왕년에 자기 상관이 후임으로 들어오는 셈이니 좀 께름칙할지도 모르겠지만, 그야 카르나크가 알 바 아니고.

하지만 정작 낙인을 살펴보고 깨달았다. 그렇게 말처럼 쉬운 일이 아니었다는 것을.

'내가 모르는 속박의 술법이 추가되어 있군.'

테스라낙만의 고유 술법이 강력한 권능을 담아 저들을 억압한다.

순수한 사령술이었다면 어떻게든 해제했겠는데, 이들의 새로운 낙인에는 신성술과 마법 또한 교묘하게 혼재되어 있었다. 카르나크를 경계한 것이 틀림없었다.

덕분에 두 타락 교황들을 부하로 다룰 수는 없게 되었다.

하지만 계속 영혼을 속박한 채 들고 다니는 것도 위험하다.

지금이야 별문제가 없지만 극심한 전투 중에 힘이 다하기라도 한다면 무슨 부작용이 생길지 알 수 없다.

그렇다고 이대로 풀어 주는 것도 안 될 말이다. 곧바로 테스라낙에게 돌아가 적들의 전력이 될 테니까.

'내 것이 될 수 없다면, 남 줄 수도 없지.'

그래서 카르나크는 결심했다.

"둘 다 승천시켜 버려야겠다!"

인적 드문 산속, 한 소녀가 양손을 모은 채 여신께 기도를 올린다.

"라티엘이시여……."

법복을 곱게 차려입은 밀리아였다.

"당신의 빛으로 이들을 인도하사……."

기도하는 그녀의 앞에 희뿌연 형체가 흔들린다.

"이 가련한 영혼들을 거두어 주소서……."

타락한 별의 교황, 레오슬라프의 혼령이었다.

그의 영혼을 정화하여 성결케 한 뒤 여신의 품으로 돌려보내려 하는 것이었다. 그야말로 성직자의 본분에 가장 충실한 일이라 하겠다.

그래서 사령술을 극구 숨기던 카르나크도 이것만큼 라피셀 앞에서 당당할 수 있었다.

좋은 일이잖아? 아름다운 일이기도 하고.

어째 그림이 좀 이상하긴 했지만.

"아아아아악!"

여신의 빛이 내리꽂힐 때마다 영혼이 비명을 터트린다. 마치 피를 흘리듯 혼령의 전신에서 검은 기류가 뿜어져 나온다.

그리고 그때마다, 카르나크가 마력의 지팡이로 영혼을 패고 또 팬다.

"아직도 저항하나?"

"아아아악!"

"이제 그만 포기하고 행복하게 가라고!"

"으아아아아아!"

어둠으로 혼탁해진 타락한 영혼에 빛의 기둥이 내리쬔다. 영혼이 필사적으로 손을 뻗어 이승을 움켜쥔다.

'어, 저거, 참······.'

라피셸은 묘한 표정으로 그 광경을 지켜보고 있었다.

뛰어난 기감을 지닌 그녀. 그렇기에 저 영혼에 무슨 일이 일어나고 있는지 확실히 느낄 수 있다.

지금 터트리는 비명은 어디까지나 레오슬라프의 어둠에 속한 부분일 뿐.

빛에 속한 그의 진실 된 부분은 환희의 노래를 부르고 있으리라!

······안 들리지만.

"아아아아아악!"

영혼이 천국 문의 문지방을 붙잡고 죽어도 못 가겠다며 필사적으로 매달린다.

그런 영혼을 카르나크가 막 손으로 밀고 발로 밟아 가며 꾹꾹 누른다.

"내가 무슨 지옥 보내냐? 천국 가라는 건데 왜 이렇게 난동이야?"

"으악! 으으악!"

세라티가 혀를 찼다.

"어우, 승천하는 건데 왜 저렇게 처참해 보이죠?"

생사람을 불구덩이에 던져도 저것보단 덜 처절할 것 같았다.

드렐이 마냥 진지한 얼굴로 고개를 끄덕였다.

"여신께선, 죄 많은 영혼이 천국 문을 통과하는 건 낙타가 바늘귀를 통과하는 것만큼이나 힘든 일이라 하셨지요."

"……확실히 낙타를 바늘귀에 쑤셔 넣으면 저런 비명이 나올 것 같긴 하네요."

마침내 레오슬라프의 영혼이 피안의 저편으로 사라졌다.

테스라낙은 물론이고, 카르나크의 손에서도 벗어났다는 의미.

진정한 구원이었다.

"자, 이걸로 레오슬라프는 승천시켰고……."

간만에 좋은 일 한 카르나크가 싱글벙글 웃었다.

"이제 렐피아나 차례지?"

여인의 혼령이 공포에 질려 비명을 터트렸다.

"아아아아아악!"

❋

렐피아나 역시 레오슬라프처럼 구원받아 여신의 품으로 귀의했다.

보기에 썩 구원 같아 보이지 않았다는 단점이 있긴 한데, 그래도 두 영혼이 승천한 것만은 사실이다.

"다른 놈들도 앞으로 이렇게 처리하면 되겠군."

적절한 해결 방식을 찾았다며 좋아하는 카르나크의 모습에 세라티는 한숨을 푹 쉬었다.

왜 저 인간은 선한 일을 해도 저렇게 사악해 보이는 걸까?

'저것도 재주야, 정말.'

볼일 다 끝났으니 밤이 더 깊어지기 전에 숲을 빠져나와 가까운 마을로 향했다.

제일 가까운 마을은 페셀덴이라는 농촌이었다. 마을에 도착한 카르나크 일행은 바로 지역 신전으로 향했다.

여관 같은 숙박 시설은 교역 인구가 많은 대도시에서나 장사가 된다. 이런 시골 마을에는 없는 게 보통이다.

그래서 여행자가 시골을 경유할 때는 신전을 찾는 것이 보편적이었다.

물론 성직자가 교인을 상대로 장사를 할 수는 없으니 어디까지나 '적절한 기부'를 하고 식사와 잠자리를 제공받는 것이지만.

이 마을의 신전은 태양의 여신 라티엘을 섬기고 있었다.

신전장으로 보이는 늙수그레한 중년 신관이 일행을 따뜻하게 맞이했다.

"어서 오시구려, 외지의 여행자들이여."

"하루만 묵어도 되겠습니까?"

"물론일세, 태양의 신전은 모두에게 열려 있다네."

평범한 인사말이 오가고 카르나크 일행이 신전 내로 들어섰다.

신전 안쪽에는 몇몇 젊은 신관들이 머무르고 있었다. 그야말로 평범하기 그지없는 라티엘의 신관들이었다.

그런데, 문이 닫히고 외부의 시선이 차단되자마자 일제히 태도가 변한다?

"오오!"

"성녀님을 뵈옵니다!"

갑자기 다들 오체투지 하더니 세라티를 향해 열심히 고개를 조아리기 시작한 것이다.

그렇다.

실은 라티엘의 신전으로 위장한 제국 황혼교 지부 중 하나였다.

"아, 예, 바, 반가워요, 다들…….."

세라티가 어색한 미소로 화답했다. 옆에서 드렐이 눈을 깜빡였다.

[성녀는 또 뭐요?]

[나중에 설명해 드릴게요.]

[뭔 설명할 거리가 이리 많소? 안 그래도 설명 많이 들었는데…….]

[죄지은 게 많아서 그렇죠, 뭐.]

[……?]

그렇게 황혼교도들의 안내에 따라 신전에 짐을 풀었다. 그 와중에 몇몇 교도들이 밀리아를 보며 반가워하기도 했다.

"오!"

"아가씨도 우리처럼 라티엘의 신관으로 위장 중인가 보군!"

덕분에 울고 싶어지는 밀리아였다.

'아닌데, 난 진짠데.'

심지어 그냥 신관도 아니고, 사교도를 전문적으로 상대하는 심문관이기까지 하다.

착잡한 기분이었다.

임무를 떠올리면 지금 당장 눈앞의 이단자들에게 천벌을

내려야 하는데, 밀리아 자신이 그 이단의 최고봉 중 하나네?

아까 성직자로서의 본분을 다하고 한껏 뿌듯해했기에 더욱 굴러떨어지는 체감도도 크다.

"에휴……."

"음? 왜 갑자기 한숨을 쉬시는가?"

"아뇨, 그냥 좀 피곤해서."

"조금만 기다리시게. 금방 식사가 준비될 테니."

시골 신전이다 보니 메뉴는 평범했다. 그냥 빵과 감자 수프, 야채 절임 정도의 간소한 차림이었다.

신전장으로 위장한 황혼교 지부장이 연신 고개를 조아렸다.

"성녀님께 부끄럽습니다만, 요새 세상이 어수선해서 식량 사정이 좋지 않습니다."

천만의 말씀이라며 세라티가 감사를 표했다.

"무슨 말씀이세요? 진수성찬이에요."

바로스와 카르나크가 옆에서 숙덕거렸다.

[여기도 성녀만 챙기고 교황은 영 찬밥 신세네요.]

[뭔 상관이야? 더운밥 잘 나오면 됐지.]

식사는 기대 이상으로 맛있었다.

그간 먹어 온 도시락도 물론 호사스러웠지만, 역시 방금 끓인 수프의 온기는 각별한 법이다.

배를 채우며 카르나크가 물었다.

"현 제국의 상황에 대해 전해진 것이 있나?"

미리 황혼교를 통해 전쟁 관련 정보를 수집하도록 명을 내려놓았다.

시골 마을이라 자세한 정보까진 몰라도 어느 정도 소식은 전해 들었을 터.

그런데 예상 밖의 대답이 나왔다.

"어, 제국 말입니까?"

지부장이 고개를 끄덕이며 이렇게 대꾸한 것이다.

"망했다던데요."

&#10045;

카르나크 일행은 계속 제도를 향해 북상했다.

테아 크라한이 가까워질수록 전쟁의 여파도 짙어져 갔다. 곳곳에 온갖 전투와 파괴의 흔적이 널려 있었다.

황폐해진 마을과 도시, 그리고 썩어 가는 인간의 시체들.

남쪽으로 향하는 피난민의 숫자도 날로 늘었다. 어떻게든 살아남으려 발버둥 치는 이들이었다.

그들을 통해 좀 더 정확한 소식을 입수할 수 있었다.

페셀덴 지부장의 말은 사실이었다.

제도는 진작 함락되었다. 벌써 5일이나 지난 일이었다.

라케아니아 최강이라는 제국 기사단이 전멸에 가까운 대

패를 당했고 황도를 지키던 1군단과 2군단도 박살이 났다고 한다.

이후 검은 신의 군세를 막을 이는 존재하지 않았다.

테아 크라한의 드높은 성벽은 처참한 폐허가 되었다. 천년의 황궁마저 불탔다. 황제는 다행히 제도를 탈출했지만 그 후엔 행방을 알 수 없었다.

카르나크는 당혹해했다.

"어떻게 된 거지, 이게?"

제국군이 패했다는 사실이 놀라운 것은 아니다.

솔직히 패할 것이란 짐작은 하고 있었다.

최강의 전력이었던 디오그레스 콜론과 무왕 바탈록이 적으로 돌아섰다. 그나마 믿을 수 있는 여명탑의 세력은 황제 자신의 손으로 숙청해 버렸다. 그리고 사교도의 끄나풀이나 다름없는 제국 마탑과 크레타스 기사단을 중요한 자리에 기용했다.

이렇게까지 했는데 무슨 수로 제국이 이긴다고?

카르나크가 당황한 이유는 검은 신의 군세가 너무 빨리 움직였다는 점이었다.

기엔 렌의 군세는 원래도 상당한 숫자였다. 여기에 바탈록과 디오그레스의 군세까지 추가되었으니, 자그마치 수만에 달하는 군대가 되었다.

이 정도 숫자가 제도까지 나아가려면 족히 열흘은 걸려야 정상이다.

그렇지 않고 지금처럼 빠르게 제도에 도착하려면 따로 정예만을 뽑아 별동대를 꾸리고, 무왕과 대마법사 들이 직접 인솔하는 경우밖에 없다.

옆에서 듣고 있던 바로스가 의아해하며 물었다.

"그냥 기옌 렌이 전격전을 벌였다는 소리잖아요. 그렇게 이상한 일입니까? 방법이 있다면 충분히 행할 수도 있잖아요."

"전격전을 벌일 이유가 없으니까 그렇지."

카르나크가 고개를 갸웃거렸다.

"왜 이렇게 서두른 거지?"

어차피 승리할 전쟁이었다.

디오그레스와 바탈록까지 적이 되었으니 남은 제국군이 검은 신의 군대를 이길 방법은 없었다.

즉, 기옌 렌은 이대로 차분히 전군을 제도로 밀어붙이기만 하면 된다. 굳이 전력을 나누면서까지 제도부터 함락시키려 할 필요가 없다는 소리다.

"그래서 아직 시간적인 여유가 있다고 생각한 건데……."

뭔가 생각지도 못한 변수가 생기지 않은 이상 저렇게 나올 이유가 없었다.

그런데 왜?

갑자기 무슨 일이 터졌기에 저렇게나 황급히 움직인 것인가?

문득 카르나크는 그 변수의 정체를 깨달았다.

"나 때문이네."

끝없이 펼쳐진 듯한 어둠의 공간.

위도 아래도 보이지 않는 그 암흑 너머에 두 사람이 서 있었다.

기엔 렌과 에밀 스트라우스였다.

"일단 어둠은 확보했군요."

주위를 둘러보며 에밀은 안도의 한숨을 내쉬었다.

이곳의 정체는 제도에 위치한 세 여신의 본산 중 하나, 카테라 대신전의 최심부였다. 대륙의 신관들이 그동안 모아 놓은 종말의 어둠을 봉인한 곳이기도 했다.

얼핏 사방이 온통 새까매서 끝없이 펼쳐진 것처럼 보이는데, 실은 그냥 좀 거대한 창고일 뿐인 것이다. 물론 대륙의 그 어떤 건물과 비교해도 꿀리지 않을 만큼 방대한 규모인 것은 사실이지만.

"이거 참, 많이도 모아 놓았군."

봉인된 어둠을 살펴보며 기엔 렌이 혀를 찼다.

"이 시대 성직자들도 무시 못 하겠는데?"

7여신교의 신관들이 얼마나 성실하게 임무를 수행했는지

보여 주는 증거였다.

비웃음인지 아쉬움인지 모를 옅은 미소가 엘프 대마법사의 입가에 잠시 맺혔다.

"……과거 테스라낙 님을 상대할 때 이렇게 했으면 그토록 쉽게 무너지진 않았을 것을."

에밀을 돌아보며 기엔 렌이 이해가 안 간다는 듯 물었다.

"그런데 정말 이렇게까지 서두를 필요가 있었나?"

"물론입니다."

고민할 여지도 없다는 듯 에밀이 대답했다.

"레오슬라프 공와 렐피아나 공이 돌아오지 않았으니까요."

제국 남쪽에서 치고 올라오던 레오슬라프와 렐피아나의 패전 소식은 곧바로 에밀에게도 전해졌다.

저들이 단순히 제국군에게 패배했다면 큰 문제는 아니었을 것이다.

테스라낙의 계획에 일부 차질이 생기긴 했겠지만 그 정도는 얼마든지 차후에 조율할 수 있었다.

문제는 저들이 카르나크에게 패배했다는 점이었다.

"그들의 영혼은 테스라낙에게로 돌아가지 않았습니다. 이건 정말 심각한 문제이지요."

테스라낙의 술식이 제대로 작동하지 않았다는 의미는, 카르나크가 저 둘의 영혼을 따로 포박했다는 의미도 된다.

두 타락 교황의 영혼을 빼앗겼다면 그들이 알고 있는 테스라낙의 계획 역시 새어 나갔을 가능성이 크다.

"그렇다면 그자가 제일 먼저 손쓸 것이 바로 제도에 있는 이 종말의 어둠 아니겠습니까?"

카르나크가 어떤 방법을 쓸지도 에밀은 짐작하고 있었다.

"종말의 어둠을 사방팔방으로 흩어지게 만들면, 그걸 다시 모으는 데 얼마나 오랜 시간이 걸릴까요?"

"그렇기는 하네만……."

여전히 기엔 렌은 납득하기 힘들다는 표정이었다.

"그건 그자가 테스라낙 님의 술식을 파해한다는 전제하에서 나온 이야기가 아닌가?"

솔직히 의문이었다.

아무리 카르나크가 파사의 마법사라 불리는 인류의 영웅이라곤 하지만, 그래 봐야 한낱 인간일 뿐인데 그 정도로 엄청난 능력이 있을까?

적어도 테스라낙과 그의 화신은 그렇게 보고 있는 것 같다.

실제로 이전부터 테스라낙은 카르나크란 자에게 유독 관심을 가졌었다.

순간 기엔 렌의 뇌리에 호기심이란 감정이 떠올랐다.

"대체 저 카르나크란 자가 누구이기에……."

하지만 이는 금방 사라져 버렸다. 무의식의 저편에서 울리는 무형의 외침 탓이었다.

—알려 하지 말지어다.

강력한 정신 억압이 호기심 자체를 지워 버린다.
'그래, 그의 정체 따윈 중요한 게 아니지.'
중요한 건 앞으로 그가 해야 할 성무다.
"이제 어찌해야 하겠소?"
"딱히 계획이 바뀐 것은 아닙니다, 순서를 살짝 조절했을 뿐."
테스라낙의 화신이 차분히 말을 이었다.
"계속해서 길을 닦고 있어야 하겠지요."

❊

제국의 수도, 테아 크라한이 함락됐다.
제도에 봉인되어 있던 그 막대한 양의 종말의 어둠도 검은 신의 교단 손에 넘어갔다.
당장 하늘이 새까매지고 뭔가 거대한 게 하늘에서 뚝 떨어진 다음 '내가 바로 테스라낙이다!'라고 외쳐도 이상하지 않을 상황이다.

천하의 카르나크도 암담해할 수밖에 없었다.

"와, 이거 이제 어쩌지?"

어쨌든 한 가지만은 확실했다.

이대로 제도로 향하는 것은 너무 위험하다.

카르나크 일행은 일단 근처의 황혼교 세력에 몸을 숨겼다. 그리고 교인들을 부려 정보를 수집하게 하며 상황을 살폈다.

그러던 중, 어째 좀 이상한 이야기를 들었다.

"다른 사교도들은 제도로 모이질 않는다고?"

무왕 벨티아와 바다의 타락 교황 발레리아가 이끄는 제국 북쪽의 사교도 군세.

하늘의 타락 교황 리게일과 불의 스플렌디아가 이끄는 제국 동쪽의 사교도 군세.

이들은 여전히 제국을 유린하느라 정신이 없었다.

그뿐이랴?

정작 제도를 함락시킨 기엔 렌과 디오그레스조차도 군대 일부를 쪼개더니 제국 남쪽으로 보낸 것이다.

이해가 가지 않는다.

왜 목적을 달성하고도 테스라낙을 부르지 않는 걸까?

카르나크의 입가에 회심의 미소가 떠올랐다.

"그렇구나! 놈들은 아직 여신교 신앙을 능가하지 못했어!"

영광스러운 천년 제국, 라케아니아의 황도 테아 크라한.

한때 대륙에서 제일 크고 아름다웠던 이 도시는 지금 죽음의 그림자가 드리워져 있었다.

인위적으로 불러낸 먹구름이 하늘을 가린다. 참혹한 전쟁의 여파로 도시 곳곳이 무너지고 오염되어 사기를 풍긴다.

거리에는 흉측한 언데드들이 서성이고 채 도망치지 못한 시민들은 그저 공포에 떨며 집 안에서 운명을 저주한다.

길마다 기사의 시체가 널브러지고 벽마다 신관들이 목 매달린 채 썩어 가는 인세의 지옥.

도시 서쪽에 위치한 신전의 테라스에서 젊은 사내가 하늘을 올려다보았다.

테스라낙의 화신, 에밀 스트라우스였다.

문득 그가 오른손을 뻗었다. 손끝에서 검푸른 빛이 피어올랐다.

검은 신의 은총을 바라보며 에밀은 인상을 썼다.

빛은 여전히 흐렸다.

"아직인가……."

죽음의 신 테스라낙이 모든 권능을 지닌 채 강림하려면, 이 시대의 그에 대한 신앙이 가장 거대해야만 한다. 그래서 검은 신의 교도들은 내내 저 목표를 향해 움직이고 있었다.

그렇다면 어떻게 해야 테스라낙의 신앙을 1순위로 만들 수 있을까?

제국을, 7연합 왕국을, 베루스 연방을 장악한 뒤 국가적으로 선포하면 되는 걸까?

모든 인류와 요정족에게 '이제부터 검은 신의 교단을 국교로 삼을 테니 모두 테스라낙을 섬기도록 하라!'라고 명령을 내리면 만사 해결?

그럴 리가 있나?

대부분의 인간들은 관습적으로 7여신교를 믿고 있다. 요정족 역시 오랜 세월 타알의 신앙을 지니고 있다.

이런 이들에게 테스라낙을 믿으라고 핍박한들 하루아침에 변심할까, 과연?

심지어 언데드와 사령술을 구사하는, 살아 있는 존재라면 본능적으로 꺼릴 수밖에 없는 사악한 신앙인데?

위에서 아무리 믿으라고 강요해 봐야 겉으로만 따르는 척할 뿐 마음까지 움직이진 않는 게 정상이다. 신앙은 저런 편법으로 커지지 않는 것이다.

그래서 검은 신의 교단은 굳이 테스라낙의 신앙을 퍼뜨리는 데 주력하지 않았다.

물론 기회 닿는 대로 열심히 세력을 넓힌 것은 사실이나, 진짜 목표는 다른 쪽에 있었다.

무릇 1등을 하는 데에는 두 가지 방법이 있다.

첫 번째는 다른 모두를 제치고 자신이 가장 높은 곳에 올라서는 상식적인 방법.

두 번째는 나보다 위에 있는 놈들을 죄다 내 아래로 끌어내리는 것이다.

굳이 인류 전체를 힘들게 검은 신의 신앙으로 물들일 필요가 없다. 그냥 여신교를 믿는 놈들을 닥치는 대로 죽이고 또 죽여서 저쪽의 신앙을 떨어뜨려도 된다.

어쨌거나 결과적으로만 1등이 되면 될 것 아냐?

물론 여신교도들을 모조리 죽인다는 소리는 아니다. 온 세상 사람들이 전부 7여신교를 믿고 있는데, 어떻게 온 세상 사람들을 다 죽이나?

이대로 계속 죽이고 또 죽이다 보면 언젠가는 성공할지도 모르겠지만, 단기간에 가능한 일은 아니다.

실제로 제국 곳곳에서 많은 피가 흐르고 있었지만 여전히 검은 신의 교도들은 제국민 전체에 비하면 한 줌도 안 되는 소수에 불과했다. 숫자만 보면 7여신교를 믿는 이들이 압도적으로 많았다.

하지만 상관없었다.

지금 이 순간에도 여신교의 신앙 자체는 착실하게 떨어지고 있었으니까.

신앙은 숫자 못지않게 순도도 중요하다.

아무 생각 없이 관습적으로 따르기만 하는 자와 진심으로

신을 섬기는 자, 이 둘의 신앙이 같을 리가 없지 않은가?

　이것이 전쟁을 일으킨 검은 신의 교단이 막상 백성들은 열심히 챙긴 이유였다.

　어차피 대부분의 백성들은 여신에 대한 충실한 신앙을 지니고 있지 않다. 그냥 모두가 믿어야 한다니까 그러려니 할 뿐이다.

　넓고 얕게 믿고 있는 셈이었다.

　이런 백성들이라 해도 일곱 여신을 버리고 테스라낙만 믿으라 하면 당연히 반발하겠지. 인간은 기존의 삶이 변화하는 것을 견디지 못하니까.

　하지만 테스라낙을 믿으라고 딱히 강요하지 않는다면?

　그냥 내버려 둔 채 여신교의 추악한 부분을 계속 들추고, 적당히 백성들의 부족한 부분을 챙겨 준다면?

　이것만으로 기존의 믿음은 크게 옅어진다.

　－여신이건 검은 신이건 알 게 뭐야? 나 밥 주는 신이 좋은 신이지.

　이렇게만 만들어도 실제로는 테스라낙의 승리인 것이다.

　반면 진실로 성결한 신앙을 지닌, 그래서 신성력으로 믿음을 증명하는 여신교 신관들은 가차 없이 죽인다. 이리함으로써 일곱 여신에 대한 신앙을 계속 깎아 내며 테스라낙이 강림할 토대를 닦는다.

이것이 검은 신의 교단이 세운 강신 계획이었다.

'썩 잘 풀렸다고만은 할 수 없지만.'

엘레자르와 드렐타인이 건재했다면 보다 효율적으로 제국을 장악한 뒤 여신교를 탄압할 수 있었을 것이다.

또한 백성들에게 과할 정도의 호의를 베풀어, 여신교의 신앙도 지금보다 훨씬 쉽게 줄일 수 있었겠지.

그런데 일이 꼬였다. 전쟁을 일으켜 대학살을 벌이며 계획을 진행하게 되었다.

그 탓에 기대했던 만큼 진도가 빠르지 않다.

배고픈 이에게 화사한 웃음을 지으며 빵을 건넨다 해도, 주는 놈의 곳곳에 피와 살점이 묻어 있으면 좋다고 받을 리 없잖아?

공포가 먼저 제국을 지배해 버렸으니, 아무리 7여신교를 탄압해도 예상만큼 일곱 여신의 신앙이 줄어들지 않는다.

탁기가 실린 바람이 불어와 머리칼을 흔들었다.

세계의 흐름을 느끼며 에밀은 쓴웃음을 지었다.

"정말이지, 세상 일 참 뜻대로 안 되는군."

＊

제도에 가까워질수록 카르나크 일행의 이동 속도는 느려

졌다.

황혼교 지부와 접촉하기 전까진 알아서 식량 보급을 해야 하는데, 전쟁 때문에 점점 멀쩡한 마을을 만나기 힘들어진 탓이다.

지금 일행의 눈앞에 펼쳐진 제도 근교의 농촌 마을도 사방이 폐허였다.

죽은 자들은 죄다 사령술사의 노예가 되어 제도로 진군해 버렸고, 간신히 살아남은 이들은 피난을 가 버려 텅 비어 버린 지 오래.

"적당히 쓸 만한 물건이 있는지 찾아보자."

일행은 둘로 나뉘어 거리를 뒤졌다. 카르나크와 바로스, 레번이 남쪽. 세라티와 라피셀, 드렐과 밀리아가 북쪽을 수색했다.

쓸 만한 식량 창고가 남아 있나 주위를 살피던 중이었다.

문득 레번이 카르나크에게 물었다.

"제도를 장악한 사교도 놈들은 계속 그곳에 있을까요?"

"아무래도 그렇겠지?"

사교도들이 서둘러 제도부터 함락시킨 이유는 바로 종말의 어둠을 지키기 위해서였다.

하지만 여전히 저들에겐 세상을 유린해 테스라낙의 신앙을 높일 의무가 남아 있다.

"어떤 식으로 군대를 분리했는지가 관건이야. 제국도 만만하진 않을 테니까."

제도가 함락되고 황제도 도망갔지만, 제국이 아예 멸망한 것은 아니다.

여전히 제국 서부군은 건재하고 다른 지역에서도 패잔병들을 수습해 다시금 반격의 때를 기다리고 있다.

기본적으로 제국의 여력이 너무 큰 것이다.

예상외의 기습에 사정없이 밀리긴 했지만, 그렇다 해도 검은 신의 교단이 제국 전체를 장악했다고 볼 순 없다.

"그러고 보면 좀 이상하네요."

레번이 인상을 썼다.

대륙 전역에 퍼진 7여신교의 숫자는 워낙 엄청나다. 신관도, 신도도.

"아무리 여신교 신관들이 많이 죽었다지만, 이 정도로 사교도의 신앙이 7여신교를 능가할 수 있다니……."

어째 수치가 너무 안 맞는 것처럼 느껴진다.

그러자 카르나크가 한쪽 눈을 치켜떴다.

"응? 무슨 소리야?"

그리고 어이없다는 듯 말을 이었다.

"당연히 7여신교는 능가할 수 없지. 어떻게 수천 년간 세상을 지배한 신앙을 단번에 추월하겠어? 그것도 이렇게 짧은 시간 안에."

"네? 하지만 카르나크 님 말씀은……."

"7여신교를 능가한다는 소리가 아니라, 일곱 여신보다 앞선다는 소리야."

7여신교는 교단도 일곱이다.

즉, 신앙도 일곱 갈래로 쪼개진다는 소리다.

"7여신교 신앙과 통째로 비교하면 당연히 근접할 수도 없어. 그만큼 쪽수가 달라도 너무 다르니까. 하지만 각 여신의 신앙들보다 우위에 설 수는 있는 거지."

"그런 의미였군요, 이게."

납득한 레번이 고개를 저었다.

"차라리 7여신교가 요정족의 타알 신앙처럼 유일신을 섬기는 종교였다면 이런 일이 생기지 않았을지도……."

"에이, 그럴 리가."

카르나크가 콧방귀를 뀌었다.

"그 경우엔 똑같은 여신, 서로 이름만 다르게 불러 가며 오히려 죽어라 싸워 댔을걸?"

모든 인간들이 똑같이 하나만 믿는 일이 어찌 가능하겠는가?

"그나마 일곱 여신으로 나뉘어 서로 다름을 인정했으니 이렇게 널리 퍼진 거지."

"그건 너무 치우친 편견 같은데요."

"뭐, 그럴지도? 나야 원래 편견 심한 놈이니까."

의외로 카르나크는 이런 부분엔 그다지 고집을 피우지 않았다.

나름대로 남의 말을 잘 받아들이는 성격이랄까?

받아들이긴 받아들이는데, 해석을 너무 괴상하게 해서 문제지만.

"하여튼, 저놈들을 막긴 막아야 하는데 참 답이 안 떠오르네."

디오그레스 콜론이 없으니 제국을 조종해 막을 수도 없다. 아무리 현재 카르나크의 명성이 드높다 해도 황제에게 영향을 미칠 정도는 아니다.

"황혼교 세력으로야 게릴라전 이상은 기대할 수 없고."

걸음을 옮기며 카르나크가 신경질을 냈다.

"아, 진짜 다 때려치우고 고향에나 돌아갔으면 좋겠다."

바로스가 실소를 흘렸다.

"어쩌면 그게 더 나았을지도 모르겠네요."

레오슬라프의 말에 따르면, 테스라낙의 강림 조건에는 카르나크의 '죽음의 세례'라는 것이 필요하다.

"그냥 도련님이 영지 처박혀서 안빈낙도하고 있었으면 죽음의 신이 강림하는 일까진 벌어지지 않았을 것 아닙니까?"

"그건 아니야."

카르나크가 없었다면 검은 신의 교단은 아무 방해도 받지 않고 착실하게 세계를 정복할 수 있었을 것이다.

7왕국 연합, 라케아니아 제국, 베루스 연방 모두가 저들의 손아귀에 들어갔겠지.

그 후에는?

그냥 제스트라드 영지로 무왕, 대마법사, 타락 교황을 순차적으로 보내면 그만이다.

"테스라낙 입장에선 오히려 일이 잘 풀렸을걸."

카르나크의 설명에 레번이 묘한 표정을 지었다.

"그렇다는 건, 세계를 위해서는 오히려 카르나크 님이 죽는 쪽이 나았다는 소리가 아닙니까?"

바로스가 손사래를 쳤다.

"도련님이 돌아가시면 그거야말로 큰일인뎁쇼."

세계를 지키기 위해 카르나크를 먼저 죽여서 테스라낙을 막는다?

그랬다간 저쪽 동네 사령왕 대신 우리 동네 사령왕이 부활할 뿐이다. 더하면 더했지 나아질 일은 없다.

"애초에 저 인간이 얌전히 죽어 줄 리가 없잖아요?"

결국, 카르나크 본인이 세상을 위해 스스로를 희생할 때만이 평화가 찾아왔을 것이란 소리가 된다.

"……되겠습니까?"

진지한 바로스의 질문에, 레번이 진지하게 고개를 끄덕였다.

"안 되겠네요."

카르나크 역시 진지하긴 마찬가지였다.

이유는 달랐지만.

"세상이 날 위해 죽어야지, 내가 세상을 위해 죽으면 안 되지."

어떤 의미에선 참으로 초심을 잃지 않는 성격이라 하겠다.

거리의 폐허로 시선을 돌리며 바로스가 화제를 바꿨다.

"마저 식량이나 찾죠. 여기서 보충하지 못하면 길에서 굶어야 됩니다."

<br>

검은 신의 군대에게 점령된 제도 테아 크라한.

도시는 혼돈 그 자체였다.

무려 수십만의 인구가 상주하고 있던 대륙 최대의 도시였다. 아무리 사교도들의 위세가 하늘을 찌른다 한들, 이 거대한 제도를 관리하려면 어지간한 행정력으로는 불가능할 터였다.

그럼 검은 신의 교단은 어떻게 했을까?

정답은 간단하다.

그냥 관리를 안 했다.

제국 황궁과 고위 귀족의 저택, 각 여신교 신전 등 중요 거점만 불태운 뒤 손을 놓는다.

이후 세 여신의 본산에 대부분의 전력을 집결시키고 언데드 군세를 풀어 순찰을 돌려 반항적인 움직임 정도만 감시하며, 행정이니 치안이니 하는 건 포기해 버리는 것이다.

그리 바람직한 대처라 할 순 없다.

검은 신의 교단이 노리는 바는 테스라낙의 신앙이 커지는 것인데, 이렇게 하면 제도 시민들의 반발심만 더 커지지 않겠는가?

자연스럽게 테스라낙에 대한 믿음도 떨어지면 떨어졌지 딱히 올라가진 않는다.

하지만 어쩔 수 없었다.

제도를 담당해야 할 이들이 엘레자르와 드렐타인이었는데, 죽었잖아?

그냥 현실적으로 방법이 없을 뿐이었다.

법과 질서가 사라진 제도는 무정부 상태가 되었다. 도시 곳곳에서 소규모 약탈과 방화가 이어졌다.

그나마 아직 함락된 지 얼마 지나지 않았고 순찰하는 언데드 군대도 있었으니 이 정도지, 대규모 폭동으로 번지는 것은 시간문제였다.

그럼에도 검은 신의 교단은 별 신경을 쓰지 않았다.

어차피 테스라낙이 강림하면 끝날 일이니까.

게다가 검은 신의 신앙이 오르지 않는다 해서, 여신교에 대한 믿음이 더욱 공고해지는 것도 아니다.

그냥 양쪽 모두에게 절망하며 세상을 원망한다 해도 테스라낙 입장에선 바람직한 결과였다.

하지만 검은 신의 교단도 미처 생각지 못한 부분이 있었다.

저건 어디까지나 선택지가 둘밖에 없을 경우의 이야기란 것을.

어두운 밤, 제도의 한 무너진 건물 속에서 비밀스러운 모임이 벌어지고 있었다.

한 줄기 달빛이 흐릿하게 비치는 폐허 속, 몇몇 양초만이 어둠을 밝히는 이곳에서 후드로 얼굴을 가린 수십 명의 인원이 무릎 꿇고 기도를 올린다.

"굽어살피소서……."

"이 환란에서 저희를 구원하소서……."

황혼의 여신, 세라칼을 섬기는 이들이었다.

원래 황혼교는 검은 신의 교단을 대적하던 이들이 주로 모이는 곳이었다. 하지만 지금은 달랐다.

제도의 귀족과 상인 들, 가난한 자와 버림받은 자 들, 강자와 약자가 어우러져 아름다운 여신상을 향해 머리를 조아린다.

그렇다.

황혼교는 무서울 정도로 교세를 넓히고 있었다.

인간의 마음은 나약하니 모두가 스스로를 믿고 나아갈 수만은 없다. 때론 마음을 기댈 존재가 필요하다.

여신교는 이들을 보살피지 못했다.

그렇다고 이런 참사를 일으킨 검은 신을 믿을 수도 없다.

그때 누군가가 나타나 목숨 걸고 싸워 자신들을 구해 주었다면?

어찌 그를 믿고 따르지 않을 수 있을까?

이곳에 모인 이들 대부분은 황혼교에 의해 구출된 이들이었다. 좀 더 정확히 말하면 황혼교 테아 크라한 교구에 의해서.

로브를 걸친 은발의 사내가 미사를 진행하며 설교를 이었다.

"어둠이 빛을 뒤덮었으니 황혼의 시대가 왔도다. 이제 그분께서 우리의 영혼을 저 위로 올리실 것이니……."

대외적으로는 서치 블랙이라 불리는 황혼교 테아 크라한 교구의 교구장, 데스테란 주교였다.

한때 죄악의 길을 걸었던 범죄자는 황혼의 진리를 만나 새사람이 되었다. 그리고 위대한 여신의 뜻을 이 땅에 설파하기 위해 이토록 노력하고 있는 것이다.

자신들을 구해 주고 새 길을 열어 준 저 황혼의 성자를 향해 신도들은 신실한 기도를 올렸다.

"세라칼이시여……."

"부디 길을 내려 주소서……."

미사가 끝나자 황혼교도들이 조심스레 폐허를 떠났다. 데스테란도 로브를 벗고 본거지로 돌아갔다.

언데드 순찰대의 눈을 피해 은밀히 걸음을 옮긴다. 어둠 사이를 헤쳐 지나가고 있자니 절로 한숨이 나온다.

"후, 어떻게든 교인들을 지키곤 있지만 앞으로 어찌해야 할지 모르겠군."

검은 신의 교단의 위세가 너무나 드높으니, 아무리 실버 나이트인 그라 해도 대책을 떠올릴 수가 없었다.

그렇게 은거지에 들어와 잠시 휴식을 취할 때였다.

서치 블랙의 하급 조직원 한 명이 그를 찾았다.

"저기, 데스테란 두목님."

데스테란은 대꾸하지 않았다. 하급 조직원이 의아해하며 다시 그를 불렀다.

"……두목님?"

옆에 서 있던 고참들이 빠르게 눈짓을 줬다.

'어이.'

'눈치 챙겨.'

그제야 하급 조직원도 자신의 실수를 깨닫고 잽싸게 호칭을 바꿨다.

"데스테란 주교님."

"무슨 일인가?"

기다렸다는 듯이 데스테란이 대꾸했다. 아무래도 지금의 호칭이 상당히 흡족한 듯했다.

참 별꼴 다 보겠다고 속으로 욕을 하며—대놓고 하면 썰려 죽으니까— 조직원이 작은 쪽지를 건넸다.

"비밀 연락이 왔습니다요."

쪽지를 받아 든 데스테란의 안색이 환하게 변했다.

"오! 성녀께서 이곳에 오셨단 말인가? 어서 가도록 하세!"

제도 서부 거리의 작은 빈집.

그곳에 한 무리의 일행이 숨어 있었다. 그들 중 붉은 머리의 미녀를 보자마자 데스테란이 허리를 숙이며 예를 표했다.

"용서하소서, 성녀시여. 당신께서 내리신 성무를 제대로 이행치 못하였나이다."

디오그레스 콜론을 전도해 진실한 가르침으로 이끄는 중대한 임무를 받은 그였다. 결과가 이리되었으니 어찌 고개를 들어 성녀를 대할 염치가 있을까?

세라티는 어색한 표정을 지었다.

"아니, 그게 저……."

실은 데스테란이 워낙 그녀를 따라오려 하기에 적당히 말리려고 던진 말일 뿐이었다.

'사기 친 적도 없는데 사기꾼이 된 기분이네.'

뭐, 디오그레스 좀 감시하랬는데 이런 일이 벌어졌으니 임무 실패인 것은 맞지만.

카르나크가 데스테란을 일으키며 물었다.

"돌아가는 상황을 자세히 좀 알 수 있겠소?"

"그리 많은 걸 파악하진 못했소만……."

자세를 고쳐 앉으며 데스테란이 고개를 끄덕였다.

"아는 건 최대한 말씀드리겠소, 교주."

평소처럼 열심히 디오그레스의 거처를 들락거리며 좋은 말씀(?)을 전하던 중이었다.

그런데 어느 날부터인가 디오그레스가 데스테란을 멀리하기 시작했다.

단순히 변심하거나 한 것은 아니었다.

"뭐랄까, 사람이 완전히 바뀐 것 같았소. 어째서인지 날 알아보지도 못하는 눈치였고……."

정확히는, 알아보긴 알아보는데 그간 있었던 일에 대해 모르는 눈치였다.

도저히 이해가 안 간다며 데스테란이 고개를 절레절레 저었다.

"대체 이게 무슨 일인 것인지, 원."

"그렇구려."

카르나크는 데스테란에게도 진실의 일부를 밝혔다. 더 이상 숨길 일이 아니었다.

물론 전부 알려 준 건 아니다.

카르나크 자신과 바로스의 이야기는 쏙 뺐다. 다른 일행이 카르나크의 권속이라는 이야기 역시.

어디까지나 미래의 평행 세계에서 사령왕이라 불리던 테스라낙이란 존재가 그 세계의 무왕과 대마법사, 그 외에 여러 강자들을 이끌고 이 세계를 침범한다는 식으로 설명한 것이다.

살짝 앞뒤가 안 맞는 부분이 생기지만 이는 어렵지 않게 해결했다.

"……그리하여, 황혼의 여신 세라칼께서 저들을 막기 위해 이 땅에 가르침을 펼치신 것이지요."

신실하신 데스테란 주교님은 곧바로 납득하셨다.

"오! 그런 것이었구려!"

옆에서 레번과 바로스가 전언으로 숙덕거렸다.

[이런 게 먹힌다고요?]

[원래 광신도한테 신 타령 하면 어지간한 건 다 먹혀요.]

변화를 눈치챈 데스테란은 이후 디오그레스를 멀리했다. 원래 이런 눈치를 비상하게 살필 줄 알아야 명성 높은 범죄자로 살아남을 수 있는 법이다.

"이후에 차분히 상황을 파악하려 했소만 기회가 닿지 않았지."

채 조사를 하기도 전에 디오그레스가 무왕 바탈록과 함께 제국군을 이끌고 기엔 렌을 상대하러 제도를 떠나 버렸다. 범죄자 주제에 제국군을 쫓아갈 수도 없으니 일단 제도에서 얌전히 기다렸다.

하지만 기회는 오지 않았다.

돌아온 디오그레스 콜론은 더 이상 접근할 수조차 없는 괴물들의 일원이 되어 버렸으니까.

"대체 이게 어떻게 된 것인지 내내 궁금했었는데……."

한숨을 쉬며 데스테란이 특이한 움직임의 성호(星湖)를 그었다.

"이제야 이유를 알 수 있겠구려."

카르나크 일행이 또 전언으로 숙덕거렸다.

[저 성호는 뭡니까?]

[황혼교에 성호도 따로 있었어요?]

[그냥 저 인간이 만들었나 본데?]

[정말 이래도 되는 거예요, 이거?]

하여튼, 제도가 함락된 후에도 데스테란과 서치 블랙은 도망치지 않았다.

예전의 범죄 조직이었던 시절이라면 뒤도 돌아보지 않고 제도를 떴을 것이다.

하지만 지금은 거룩한 황혼의 여신을 섬기는 몸.

"어찌 세라칼의 신실한 성도 된 몸으로 가여운 백성들을 외면하고 홀로 살겠다고 도주하겠습니까!"

"아, 예…….."

이게 얼핏 불쌍한 서치 블랙 조직원들이 종교에 미친 두목 만나서 고생하는 것처럼 보일지 모르겠는데, 꼭 그렇지만도 않았다.

지금의 서치 블랙은 황혼교 테아 크라한 교구가 되었다.

교구라는 명칭을 붙일 정도로 진짜 신도들도 상당히 많이 늘어났다는 소리다.

그럴 법도 한 것이, 황혼교는 충성스러운 교인들에게 현실적인 힘을 내린다. 비록 사령술이라는 사악한 권능이라는 게 문제지만.

사령술은 힘없는 이들에게 매력적이며, 양심 없는 이들에겐 더더욱 매력적이다.

그러니 힘도 양심도 없는 하급 조직원이라면 혹할 수밖에 없는 것이다.

데스테란에게 충성하던 직속 수하들도 대부분 황혼교로 갈아탄 후였다.

원래 인간에겐 존경하는 이가 믿는 신념을 자기도 모르게 따라가는 습성이 있다. 대부분의 사이비 종교들이 신도를 늘리는 원리이기도 하다.

우두머리가 선택한 길이니 나도 뒤를 따른다?

이는 어느 조직이건 어렵지 않게 볼 수 있는 일이다.

게다가, 사령술을 쓰건 어쩌건 간에 작금의 황혼교는 분명 사람을 구하고 검은 신과 맞서 싸우는 정의의 집단이었다. 충분히 믿고 따를 만한 가치가 있었다.

물론 서치 블랙의 모든 조직원이 황혼교도가 된 것은 아니다. 인간이 모인 이상 모두의 뜻이 하나가 되는 경우는 있을 수 없다.

상당한 숫자의 배신자가 나왔다.

제국조차 뭉개 버린 저 공포스러운 검은 신의 교단과 대적할 바에야, 그냥 머리를 숙이고 들어가 목숨을 부지하겠다는 이들이었다.

이들은 적절하게 처리되었다.

원래 배신자를 쥐도 새도 모르게 처리하는 것이야말로 서치 블랙이 제일 잘하는 일이거든.

공포와 광신, 그리고 정의감과 사회 인정이라는 어울릴 수 없는 조합이 어우러져 서치 블랙은 열심히 제도의 시민들을 검은 신의 손길로부터 구했다.

어차피 검은 신의 군대는 일반 백성들을 굳이 건드리지 않았다. 그렇다 보니 주로 구하는 이들은 제국의 귀족과 상인, 성직자 같은 고위층이었다.

이들을 구하는 와중에 저들의 재산을 상당량 '성금'으로 받아 가난한 성도에게 베푸는 '선행'도 행했다.

구출된 이들 다수가 황혼교에 입교했다. 진심이라기보다는, 당장 살기 위해 눈 가리고 아웅인 경우가 대부분이었다.

데스테란은 신경 쓰지 않았다.

"비록 거짓으로 입교했다 해도 일단 황혼의 말씀을 접하고 나면 진실을 깨닫게 될 테니까요."

7여신교 신관들 같은 경우에야 도저히 황혼교를 인정할 수 없었지만, 그래도 딱히 문제를 일으키지는 않았다.

인정하지 않으면 자기들이 어쩔 건데?

그냥 '여신이시여, 용서하소서.' 하고 기도 올린 다음 챙겨 주는 밥 먹으며 숨어 있어야지.

그렇게 어둠 속에 숨어 시민들을 돌보며 최대한 적들의 정보를 모았다.

"이것입니다."

데스테란이 커다란 지도를 한 장 꺼내 일행 앞에 펼쳤다.

제도를 장악한 사교도 군대의 현 상황이 적힌 지도였다.

———※———

현재 제도를 장악 중인 검은 신의 군세는 기엔 렌의 본대와 바탈록이 이끌던 제국기사단이 주력이었다.

"정확하게는, 기엔 렌의 사술에 의해 언데드가 된 제국기사단이지요."

세라티를 바라보며 데스테란이 설명을 이었다.

"제국 1군단과 2군단 역시 죽은 이들을 좀비 군대로 바꿔었습니다. 그 숫자가 대략 4,000, 살아남은 다른 제국군은 어떻게든 도주한 듯합니다. 아마도 어디선가 전열을 정비 중이겠지만 아쉽게도 거기까진 파악하지 못했습니다."

바로스가 혀를 찼다.

"그러니까 제국의 최고 정예 병단이 좀비가 되었단 말이죠? 이거 까다롭겠네요."

의아해하며 레번이 물었다.

"정예병이 좀비가 되면 뭐가 달라집니까?"

데스나이트 같은 특별한 경우도 아닌데, 어차피 좀비가 되면 다 똑같은 것 아니냐는 질문이었다.

카르나크가 고개를 저었다.

"실제론 차이가 꽤 커."

"어떻게요?"

"일단 장비 수준이 다르지."

밀짚모자 쓰고 쇠스랑 휘두르는 좀비와 풀 플레이트 메일에 검과 방패 든 좀비, 누가 더 무섭겠는가?

"좀비끼리도 생전의 상태에 따라 전투력이 꽤 차이가 크고."

삐쩍 곯은 할아버지 좀비와 좀 썩긴 했어도 근육 두툼하고 골격 거대한 좀비, 어느 쪽이 더 강할지는 뻔하다.

"제국 1군단이 언데드로 바뀌었다면 보통 전력이 아니야. 평범한 좀비들과는 비교할 수 없지."

실제로 카르나크는 좀비가 된 제국 정예 군단이 얼마나 강력한지 잘 알고 있었다.

왜냐고?

직접 만들어 봐서 안다.

세라티가 어이없어하며 고개를 저었다.

"약한 자는 죽어서도 약한 좀비가 될 뿐인가요? 세상 참 불공평하네요."

데스테란이 제도의 지도 한편을 가리켰다.

"현재 사교도 전력의 대부분은 이곳, 제도 동부 카말트 거리에 배치되어 있습니다."

카말트 거리는 별의 여신 파르넬, 바다의 여신 아티마, 불의 여신 카테라를 섬기는 세 교단의 본산이 위치한 곳이다.

옆에서 보고 있던 라피셀이 고개를 갸웃거렸다. 어째 지도 상 세 신전의 위치가 서로 찰싹 붙어 있었다.

"이분들은 사이가 굉장히 좋은가 보네요? 함께 모여 계시고."

태양의 라티엘 교단이나 달의 알리움 교단과 달리 세 본산이 마치 하나의 교단처럼 한곳에 모여 있는 것이다.

데스테란이 피식 웃었다.

"그냥 땅값 때문이라네."

황제가 세 교단에게 내려 준 제도의 토지가 서로 찰싹 붙어 있었다.

공짜로 받은 땅 내버려 두고 일부러 다른 곳에 신전 세울 이유가 없잖아?

"실제로 사이가 좋기도 하지만."

본산이 서로 붙어 있으면 교단끼리 합동으로 처리해야 하는 성무를 보다 효율적으로 행할 수 있다. 그동안 대륙 전역에서 수거했던 종말의 어둠을 봉인해 보관하는 일 역시 마찬가지다.

데스테란의 시선이 이번엔 카르나크에게로 향했다.

"세 본산의 중앙 대신전 지하가 종말의 어둠을 보관하고 있던 봉인지라오. 이곳을 중심으로 물 샐 틈 없는 방어 태세를 갖추고 있더군."

지도에는 기옌 렌의 엘프, 드워프 병력과 드래곤, 그리고 온갖 사령술사와 언데드 전력, 바탈록의 제국기사단 숫자 등이 대략적으로나마 기록되어 있었다.

"제도가 장악된 직후엔 사령술사와 언데드 군대의 숫자가 훨씬 많았소만, 그들 대부분은 도로 제도를 떠났소."

"대충 돌아가는 상황은 알겠군."

지도를 살피며 카르나크가 중얼거렸다.

"그럼 이걸 어찌해야 하나?"

카르나크가 고민에 잠기자 데스테란은 은근슬쩍 옆을 힐끔거렸다.

　워낙 중요한 일이라 먼저 보고부터 올리긴 했는데, 실은 아까부터 굉장히 신경 쓰이는 인간이 일행 중에 끼어 있었던 것이다.

　30대 초반의 사내인데 오러의 경지가 실로 예사롭지 않다.

　'저 나이에 알려지지 않은 실버 나이트가 있었던가?'

　그뿐만이 아니다.

　분명히 처음 보는 얼굴인데 이상하게 느낌이 낯익다.

　결국 못 참고 데스테란이 바로스에게 물었다.

　"언제쯤 소개해 줄 생각이오?"

　"아, 그는……."

　바로스가 드렐에게 슬쩍 눈치를 줬다. 안 그래도 이런 일 생길 것 같아서 미리 말을 맞춰 놨다.

　드렐이 정중히 인사를 건넸다.

　"처음 뵙겠소, 데스테란 경. 당신은 날 처음 보는 것이 아니겠지만."

　데스테란이라고 처음부터 범죄자였던 것은 아니다.

　그가 서치 블랙의 수장으로 제도를 장악한 건 30대 중반,

채 5년이 되지 않았다. 무왕 드렐타인이 아닌 10년 전의 '드렐'은 데스테란과 만난 적이 없다.

"드렐타인 텔릭스요. 지금은 드렐 릭스턴이란 이름을 쓰고 있지."

당연히 데스테란은 경악했다.

"정말 드렐타인 경이란 말인가? 이게 대체 어찌 된 일이오?"

"그대가 만난 것은 미래의 타락한 나 자신. 카르나크 님께서 그의 영혼에서 이 몸을 끌어내 새로운 삶을 내려 주셨소."

대놓고 질러 버린 드렐을 보며 당황한 세라티가 물었다.

[저래도 돼요?]

[괜찮을걸요.]

[네?]

[그는 충분히 깊이 연루되었습니다. 어설프게 숨기는 것보다 어느 정도 사실을 밝히는 것이 나아요.]

[하지만 죽은 자의 부활을 대체 어떻게 설명하시려고…….]

할 필요 없었다.

"과연!"

데스테란은 알아서 납득해 주었다.

"실로 세라칼 님의 인도하심이로다!"

황혼의 여신을 섬기는 교주가 죽은 자를 다시 이 땅에 세웠다.

광신도 입장에선 하나도 이상할 게 없는 일인 것이다.

성호를 그으며 눈앞의 '기적'에 감동하는 데스테란 주교님의 모습에 세라티가 고개를 저었다.

[정말 이래도 되는 거예요?]

[그냥 저리 믿게 냅둬요. 그게 서로 편해.]

데스테란이 제멋대로 여신의 기적에 법열을 느끼는 동안, 카르나크는 여전히 머리를 굴리고 있었다.

정보에 따르면 현재 제도를 지키고 있는 적들의 수장은 디오그레스 콜론과 기옌 렌, 그리고 바탈록과 에밀 스트라우스다.

'대마법사가 둘에 언데드 무왕 하나, 그리고 테스라낙의 화신이 하나인가.'

에밀 스트라우스의 능력이 미지수라는 것도 문제지만, 그를 제외하더라도 현 전력으로는 대책이 없었다. 서치 블랙의 전력까지 계산해도 마찬가지였다.

레오슬라프와 렐피아나를 해치울 때와는 상황이 다르다.

그땐 적어도 카르나크 일행의 전력 자체는 두 타락 교황보다 훨씬 위였다. 그렇기에 귀찮은 병졸들을 쳐 내고 속전속결로 처리할 수 있었다.

하지만 암습이란 행위는 빠르게 끝내지 못하면 스스로를 베는 양날의 검인 법.

"그때야 양날의 검이더라도 날 자체가 별로 안 날카로워서 충분히 저지를 가치가 있었지. 실패해도 도망가는 건 별문제 없었으니까."

카르나크의 말에 세라티가 조심스레 의견을 냈다.

"좀 더 기다려 보면 어때요? 저들 중 누군가가 마저 제도를 떠날지도 모르잖아요?"

지금도 제도 밖에선 벨티아와 세 타락 교황들, 검은 신의 사령술사들과 무수한 언데드 군대가 여신교의 신앙을 깎아내기 위해서 제국 곳곳을 유린 중이다.

이런 상황에 굳이 저들 모두가 제도에 머무르고 있을 필요가 있을까?

대충 대마법사 한 명, 무왕 한 명 정도만 남기고 나머지는 '여신교 조지기'에 전념하는 쪽이 낫지 않나?

카르나크가 고개를 저었다.

"그럴 가능성은 별로 없어."

서둘러 제도부터 장악한 시점에서 저들이 카르나크를 경계하고 있다는 건 확실하다.

비록 디오그레스의 조력이 컸다곤 해도, 대마법사 엘레자르와 무왕 드렐타인을 동시에 해치워 버렸다는 것 역시 변치 않는 사실이다.

작금의 카르나크 일행은 테스라낙 입장에서도 결코 만만하게 볼 수 없는 전력인 것이다.

"저 정도로도 전혀 과하다고 여기지 않을걸."

오히려 벨티아와 다른 타락 교황들까지 제도로 부를 가능성도 크다. 적어도 지금보다 전력이 더 줄어들 가능성은 거의 없다.

턱을 괸 채 카르나크가 인상을 썼다.

"제국의 힘이 필요해. 우리끼리는 방법이 없다."

분명히 제국은 패했다.

수많은 병사들을 잃었고, 제도가 무너졌고, 황제까지 도주해야만 했다.

"그런데 제국이 망한 것은 아니거든, 아직."

패했다와 망했다 사이에는 꽤나 큰 간극이 있는 것이다.

"제국 무시하지 마. 황제라는 구심점이 무사한 이상 얼마든지 되살아난다."

그걸 어떻게 아냐고?

'나 때도 그랬으니까.'

물론 카르나크는 그 되살아난 제국도 착실하게 조져 버렸지만.

하여튼 부활한 제국군과 연계해야만 방법이 생긴다. 하지만 이는 제국군이 카르나크의 의도대로 움직여 줄 때나 가능한 일이다.

그런데 황제가 일개 야인, 심지어 제국인도 아니고 7왕국인인 카르나크의 말을 얼마나 중하게 여길까?

"역시 디오그레스를 잃은 게 뼈아프네."

디오그레스가 무사했다면 그를 통해 어떻게든 황제와 손을 잡을 수 있었을 것이다.

대체 어떻게 해야 하나 고민하며 카르나크가 한숨을 내쉴 때였다.

"지금 드렐 경을 보고 생각난 건데 말이오."

갑자기 뭔가 떠오른 듯 데스테란이 질문을 던졌다.

"미래인과 현재인이 동시에 존재할 수도 있소, 혹시?"

딱히 답하기 어려운 질문도 아닌지라 바로 대꾸해 주었다.

"특별한 경우라면 가능하오."

당장 레번 스트라우스의 경우만 해도, 미래 레번과 현세 레번이 공존하지 않았던가?

그러자 데스테란의 표정이 묘하게 바뀌었다.

연신 눈을 껌벅이더니 기이한 신음을 흘린다.

"어……."

"왜 그러시오?"

"그러니까, 미래인과 현재인이 동시에 존재할 수도 있단 말이오, 정말?"

다들 의아해하며 데스테란을 바라보았다.

어쩐지 굉장히 당황한 듯한 태도였다. 굳이 했던 말을 되풀이하는 점만 봐도 그렇다.

"어, 그게……."

연신 말을 못 잇더니 데스테란이 표정 한쪽을 크게 일그러
뜨렸다.

"설마 진짠가?"

도무지 이해가 안 가 세라티가 물었다.

"뭐가 진짜라는 거예요, 도대체?"

어두운 석실 감옥.

허름한 누더기를 걸친 어린아이가 사슬에 묶인 채 갇혀 있
었다. 나이는 대략 13세 전후, 얼핏 여자애로 착각할 정도로
예쁘장하게 생긴 소년이었다.

"……추워, 배고파……."

구석에 쪼그려 앉아 소년이 힘없이 중얼거리는 중이었다.

문득 석실 밖에서 사람 목소리가 들려왔다.

"이 소년인가?"

"예, 두목!"

"두목 아니라니까, 이 친구야? 주교님이라고!"

"죄, 죄송합니다!"

"둘 다 그만 떠들고 어서 문이나 열게."

이내 철문이 삐걱대며 열리고 은발의 사내가 안으로 들어섰다. 그를 본 소년이 반색하며 소리쳤다.

"데스테란!"

당장이라도 눈물을 쏟을 것 같은 얼굴이었다.

사내, 데스테란이 믿을 수 없다는 표정으로 소년을 내려다보았다.

"진짜 날 알아보네?"

그뿐만이 아니었다.

함께 온 흑발의 청년과 붉은 머리 미녀 역시 바로 알아본다.

"카르나크 공! 세라티 경까지 오셨는가?"

저런 어린애 입에서 나오기 힘든 중후한 말투였다.

그래도 선입견을 가질 순 없으니 카르나크는 일단 상대의 영혼을 살폈다.

그리고 실소했다.

"……이거 참."

확실했다.

이 소년의 영혼은 그가 아주 잘 아는 이였다.

"귀여워지셨군요, 디오그레스 공."

감옥을 지키고 있던 하급 조직원들이 놀란 얼굴로 소년을 바라보았다.

"아니, 진짜였어요?"

"진짜 대마법사였다고?"

아까는 중후하더니 이번엔 어린 소년다운 말투가 튀어나온다.

"내가 그랬잖아! 디오그레스라고, 나! 계속 그랬잖아!"

무지하게 억울했던 모양이었다. 게다가 배도 고프고 석실도 추워서 더 서러웠다.

"이, 일단 여기서 나갑시다."

당황하며 데스테란이 사슬을 풀어 주었다.

"사람이 말을 하면 좀 들으란 말이야, 젠장……."

투덜대며 감옥을 나서는 소년의 뒷모습을 보며 세라티는 혼란에 빠졌다.

'이건 또 무슨 일이래?'

다음 권으로 이어집니다

# 꿈의 도약, 로크에서 하십시오
# (주)로크미디어에서 신인 작가를 모십니다

즐거운 세상, (주)로크미디어는 꿈을 사랑하고 도전을 두려워하지 않는 작가분들의 참신한 작품을 기다리고 있습니다. 21세기 장르 문학계를 이끌어 갈 차세대 선두 주자 (주)로크미디어에서 여러분의 나래를 활짝 펴 보시길 바랍니다.

**모집 분야** 판타지와 무협을 포함한 장르 문학
**모집 대상** 아마추어 작가, 인터넷 작가
**모집 기한** 수시 모집
### 작품 접수 시 유의 사항
1. 파일명은 작가명_작품명.hwp 형식을 갖춰 주십시오.
1. 파일에 들어갈 내용은 다음과 같습니다.
   - 성명(필명인 경우 실명을 밝혀 주세요), 연락처, 이메일 주소.
   - 제목, 기획 의도.
   - A4용지 1장 분량의 등장인물 소개.
   - A4용지 2장 분량의 전체 줄거리.
   - 본문.
1. 작품이 인터넷에 연재되고 있다면, 게시판명과 사이트의 구체적이고 정확한 주소를 기재해 주십시오.

선택된 작품은 정식 계약 후 출판물로 간행되어 전국 서점에 유통됩니다.
작가분은 (주)로크미디어의 전폭적인 지원하에 전속 작가로 활동하시게 됩니다.
※ 자세한 내용은 로크미디어 홈페이지(rokmedia.com)를 참조하세요.

**(04167)서울시 마포구 마포대로 45 일진빌딩 6층**
**(주)로크미디어 편집부 신간 기획 담당자 앞**
전화 : 02)3273-5135
www.rokmedia.com    이메일 : rokmedia@empas.com